U0852295

重瓣女人花

曾晓文 作品

陕西新华出版传媒集团
太 白 文 艺 出 版 社

图书在版编目（CIP）数据

重瓣女人花 / (加) 曾晓文著. -- 西安 : 太白文艺出版社, 2017.1
（中国文学新力量. 海外华文女作家）
ISBN 978-7-5513-1052-9

Ⅰ. ①重… Ⅱ. ①曾… Ⅲ. ①中篇小说－小说集－加拿大－现代②短篇小说－小说集－加拿大－现代 Ⅳ. ①I711.45

中国版本图书馆CIP数据核字(2016)第253758号

重瓣女人花
CHONGBAN NVRENHUA

作　　者　曾晓文
责任编辑　耿　英　康雅琼
整体设计　弋　舟　前程设计
出版发行　陕西新华出版传媒集团
　　　　　太 白 文 艺 出 版 社
　　　　　（西安北大街147号 710003）
经　　销　新华书店
印　　刷　西安市建明工贸有限责任公司
开　　本　880mm×1230mm　1/32
字　　数　140千字
印　　张　5.75
插　　页　4
版　　次　2017年1月第1版
　　　　　2017年1月第1次印刷
书　　号　ISBN 978-7-5513-1052-9
定　　价　26.00元

版权所有　翻印必究
如有印装质量问题，可寄出版社印制部调换
联系电话：029-87250869

曾晓文，加拿大华文作家、编剧。南开大学文学硕士、美国Syracuse大学科学硕士。作品被收入海内外多种文集、多次转载，被列入大学、中学教材，翻译成英文。著有长篇小说《移民岁月》《白日飘行》《夜还年轻》，中短篇小说集《苏格兰短裙和三叶草》《爱不动了》，散文集《背对月亮》，电影剧本《浪琴岛》等。

获台湾文学奖（1996）、联合报系文学奖(2004)、《中国作家》鄂尔多斯文学奖等。作品曾进入中国小说学会年度中国小说排行榜。

序 言

“她们”的风景

何向阳

海外华文女作家，一直是海外华文文学创作中的一支劲旅。她们的文学实绩有目共睹，并已然完成了代际的承递，对于这一点，文学史自会忠实记载，无须我在此一一列举。而收入这套丛书的作者，只是无数有成就的“她们”中的五位。五位作家虽分布于北美或欧洲不同的国家和地区，领略与生身的中国有差异的文化背景，并在文化的差异中以智慧感悟着文化的融合与进步，且以文学的形式记录之，表达之。她们一方面在国外营造和寻找事业与生活的新的基点，一方面一直在语言的深层创造上保留着对于华语文学传统的深度认同。当然这认同已然不是封闭僵硬的，而是融汇了不同文化之后创造出的新质地的华文文学。

有一种说法，海外华文女作家的成熟作品大都写于中年之后，原因在于生存的问题一一解决之后，对于精神的思索开始提上日程，并随着经历的丰富而渐入佳境。而回望个体生命的过程，同时更是用写作这种方式建立与祖国家园的精神联系的过程。所以这套

“文丛”所收的海外女作家虽在文学上的起步有的并不算早，而大多在年龄上也不再年轻，其中有的是早年在国内发表作品很多，时隔多年才又重拾创作。看似应可纳入文学新力量的行列，其实这是符合写作金律的。这里的“新”，不过是对一种力量的确认。实际上，海外女作家近年的文学表现岂止不俗，她们对于人、人生与人性的沉思不仅深入，而且也为我们提供了不同于国内女作家观察与写作的独异的角度，这种不同经验与艺术的补充，对于文学的整体创造而言，弥足珍贵。

五位女作家虽居地各不同，但收入“文丛”的这些中短篇小说有一个共同点，也是她们的写作所呈现出的特点，就是大多写中国人，尤其是中国女性在海外的生活、工作、心理、情感（周洁茹除外）。她们的作品具有女性特有的细腻温婉，而在女性视角之上的眼界之开阔，使得作品在中西方文化的对比与碰撞中，在对于不同文化的观察与体悟上，显出一定的优势。

比如，陈谦近年的作品之所以引人瞩目，不仅在她的叙事呈现出的细致温婉的风貌，更在其作品中深蕴的生命体验与人性思考。而《繁枝》《莲露》等对于女性内心的开掘与探索，极其深入，而且创造了我称之为“繁枝体”的叙事方式，艺术上的层层脱剥，使得被岁月层层包裹的内心一点点地袒露明亮起来。她的两部作品均进入我的年度中篇作品综述，打动我的不仅是其对故国家园往事细致耐心的打捞和梳理，对人性中最幽微最真实的反映与讲述，更是她对于女性命运洞若观火且又悲悯有加的关注与体恤。

方丽娜对于女性的关切，多集中在对于跨国婚恋中的女性的情感成长与人格历练的探索上，其《处女的冬季》探讨置身于两种不同文化中女性的疑惑与迷茫。讲述生机勃勃又嗓门亮丽，其语风泼辣，每每切中要害。在旖旎迷人的风景、引人入胜的故事里传达出富有意味的人生主旨，在看似悲伤的结局中见出人间的温暖和坚定的希望。作品传达出的令人欣喜的强劲力量不仅使之在短时间完成了从非虚构文学到虚构文学的华丽转身，而且也一直是这位一手散文一手小说的作家追求的艺术之境。

王芫的作品看似中规中矩，略显坚硬与冷静。比如《路线图》，于平稳的叙述中呈现出的是不同文化背景下三代女性的成长，母亲的迁就与无奈，做女儿的坚忍与脆弱，自己女儿的单纯与刚强，都于不动声色的叙述中一一呈现。作品在描写女性或可于不同人生阶段所具有的核心性格与品格的同时，也流露出作家身为女性的温情和仁慈。其作品中对于“来路”的人生瞭望引人深思，在真诚中显现出的宽厚而稳定的底色，或来源于她在国内早就开始的文学历练。与王芫近年的一再“出走”不同，周洁茹走的是一条“回归”之路，她的这些小说没有将笔力放在书写海外生活上面，而是将触角探向小城人物的内心哀伤。《到香港去》，在她倾心于一个个“点”的“地理”叙述中，过往故乡的细碎与迷惘，都市格子楼的拥挤与窘迫，生活的无情挤压与撕裂，生存的伤痛、无奈与不甘，在她日常琐碎的书写与才情出众的文笔下，营造出特异的语境，散发出别样的魅力。两位女作家的写作“路线”虽有不同，但使这些似乎无法言说的平凡之事跳动着的疼痛感觉，都显现出她们不凡的文字之功。

最后我们说说曾晓文，这是一个作品中更多一些母性的温厚与女性的耐心，并无强化女性对于情感过多依赖的作家。她的眼光更为开阔的部分，使得她的叙述节奏获得了难得的速度，而在小说结构上的用心也见出某种艺术追求的成熟。比如《重瓣女人花》，写不孕女性的婚恋、心理与命运，开端则从案件入手，颇有个性。而这部小说娓娓道来式的“重瓣”结构也颇可圈可点，她甚至将海外男性的心理变化也放在这次第开放的“重瓣”结构中加以剖析解读，叙述人的冷峻让人注目。这是一位关注点从女性出发而更致力于社会文化与心理层面的作家，由此她探索的更广阔的界面，往往盛得下更悲悯的情怀，其延展到女性领域之外的诸多思考，也同时表达了海外当代女作家对于人与自我探索的同时对于人与社会、人与自然关系的关注，而这一点或可视为女性作家越过自身性别关心之外创作的一种进步。

祝贺她们，同时也祝贺那些不断加入进来的新人。正是她们，跨越不同文化背景、解说不同文化内涵的写作，在这个文化不断融合而写作又需保持独特性的时代，成就了文学的新的力量，同时也带来了文学的新的风景。

我相信，这风景才刚刚展开，而由“她们”带来的更美的景色还深藏在她们未来持续的强有力的写作之中。

为此，我们充满期待。

2016年10月6日　北京

（何向阳，女，诗人，学者。出版诗集《青衿》《刹那》，散文集《思远道》，长篇散文《自巴颜喀拉》《镜中水未逝》，理论集《夏娃备案》《立虹为记》《彼黍》，专著《人格论》等。获鲁迅文学奖，冯牧文学奖，庄重文文学奖。现为中国作家协会创研部主任。）

目录

遣送

一

铁门，被得克萨斯的阳光一天天剥蚀，最表面的褐色油漆皲裂，尴尬地露出下面一层斑驳的乳白，像一块被压扁的树皮。

太阳城监狱该给门刷新漆了，本杰明想，监禁近千名移民囚犯，每年从联邦政府拿到三千万美元拨款，刷油漆的钱还出得起吧？这副破败的样子真让人 Depressing（郁闷）！

在过去的十年里，本杰明跨进这扇铁门很多次，随意得如同步入“麦当劳”快餐店。出示移民警察证，交送、提押、遣送囚犯，他对这套程序熟稔于心，甚至重复得机械。有些墨西哥非法移民几进几出美国，成了他的老熟人。他们不止一次对本杰明说，一百多年前，在美墨战争中，美国人打了胜仗，墨西哥把三分之一的土地划给美国，包括今天的加利福尼亚、内华达、科罗拉多、怀俄明、犹他、亚利桑那，还有新墨西哥。在一夜之间，成千上万的墨西哥人发现自己睡在了美国的土地上。那时边境越过了墨西哥人，现在墨西哥人越过了边境，这是历史的游戏。历史，对于本杰明，像老祖母遗留下来的宽肥睡袍，能有多少美感呢？而日复一日，把偷渡的墨西哥人群羊一般地赶出美国，他们又群羊一般肆无忌惮地拥回来，本杰明打的似乎是一场注定失败的战役。

“战役的意义是战役，就像人生的意义是人生。”这话是他的顶头上司查尔斯说的。

监狱的门，对于囚犯，意味着监禁，而本杰明拥有自由，因此每次跨入，总是优越感十足地把腰板挺得笔直。这一天他却有些萎靡。制服把身体裹得越来越紧，脊背上已密密地排满了汗，他的呼吸开始变得困难。

早晨在家门口，他发动了汽车，又踌躇起来，随后熄了火，回到房间里换上了这套簇新的丛林绿制服。他从镜中端详自己，竟捕捉到了神情中青涩的局促，中学生初次约会女孩式的局促。他有些恼，想立即脱下新制服，但最终手软，因为确认自己看上去比平素英俊了几分。

他即将提押的囚犯，不是彪悍吵嚷的墨西哥非法移民，而是一位名叫菡的中国女子。

菡告诉过他，“菡”是 Water lily（荷花）的意思，那越是开在污水里越美丽的花。

去年夏天，有一次本杰明和母亲索尼娅，还有菡共进晚餐。菡在一张餐巾纸上，用圆珠笔写下自己的名字。他注意到，菡有一双可人的小手。她一笔一画地，竟画出了一朵花，让他直看得头晕。写“菡”字显然比拼写 Water lily 困难得多。中国人怎么发明出这么复杂的文字？岂止文字，中国人的很多东西都是难解的谜。

“那中间的四点，是什么？”他好奇地问。

“花苞，雨滴，露水，眼泪……你想象成什么就是什么。”

菡说。

那四点究竟是什么呢？本杰明仍在琢磨。他一向承认自己的想象力不够丰富，但对做他这行的，想象力就像圣诞礼物的包装纸，精美，但在礼物被拆开后，就会被立即丢弃。

他终于推开了沉重的铁门，走进了监狱。监狱大厅的设置有些像话剧舞台：收审台在正面，左侧面是拘留室，右侧面是体检室，体检室旁有一架古董般的电梯，中间的一片空地专供演员活动。一身簇新的他，似乎成了今日的主演。他用目光搜索拘留室的铁笼，敏锐得像猎人搜索猎物。按惯例，早在一小时前，狱警就该把候审囚犯带出牢房，放到铁笼里，但那里空荡荡的，仿佛所有的囚犯都在一夜之间越狱潜逃。

他不由得皱起了眉头。

本杰明的搭档佩蒂半倚着收审台站着，正和两个无所事事的狱警聊天。佩蒂左手攥着一副锃亮的手铐，右手捧着特大号的星巴克咖啡纸杯。佩蒂是墨西哥裔，健壮得像得克萨斯草原上的母牛，皮肤油亮，让人联想到刚出炉的巧克力。佩蒂冲他咣当当地摇了摇手中的镣铐。

“嗨，‘蓝眼睛的本杰明’，你把自己搞得像个制服模特，要去约会吗？”佩蒂嬉笑起来，露出一口白牙。

本杰明的父亲是白人，母亲是墨西哥裔，他天生一双蓝眼睛。他的同事大多是黑眼睛或棕眼睛，所以半妒半羡地送他绰号“蓝眼睛的本杰明”。

“别拿我开心了。”本杰明有些窘。

半年前，本杰明的搭档克里因不堪工作压力，得了精神抑郁症，含泪离职。查尔斯让佩蒂替补。查尔斯认为，“蓝眼睛的本杰明”脑子算聪明，可有时优柔寡断，和个性果断的佩蒂搭档再合适不过。佩蒂在太阳城移民局算是老资格，但年过四十还是初级警察。她的丈夫凶蛮，有时甚至打得她鼻青脸肿，让她在同事间很失面子，按查尔斯的说法："佩蒂办事利落，但毕竟是个女人，再强的女人也强不过男人。"

"这个叫'菡'的囚犯怎么还没下楼？"本杰明问，特地把重音放到"囚犯"上。

"说是身体不太舒服，天知道，她玩什么把戏？"佩蒂耸了耸肩膀，呷了一大口咖啡，"我永远搞不懂这些中国人！二十年前，这里几乎没有中国人，现在突然间冒出一堆来！都是你，害得我也要办他们的案子！"

两年前，本杰明在西镇卧底，破获了88中餐馆偷渡案。西镇离太阳城大约一百英里，那里的移民案件都归太阳城移民局管理。克里出面，逮捕了88中餐馆的十二名非法移民。虽然一时疏忽让餐馆的老板、首犯福康逃脱，使本杰明屡次捶胸顿足，但两人还是得到了查尔斯的赏识。在办案期间，本杰明读了一本中国当代史，学了三句半中文，此后查尔斯总把中国人的案子派给他。

"你办了这么多年墨西哥人的案子，不觉得单调枯燥吗？"本杰明问。

"单调枯燥又怎么样？我不用伤脑筋！我懂他们的语言，知道怎么对付他们，急了，我还可以踢他们两脚！你的这个中国女囚犯，一副能被风吹跑的样子，我一脚能把她的腰踢断。"佩蒂一脸的不屑。

本杰明沉默了。也许佩蒂是对的，和中国人打交道的确伤脑筋，而菡的案子，伤的不只是脑筋，还有心脏。

几天前，本杰明结束了在加州为期三个月的警察培训。刚回到移民局，就被查尔斯叫到了他的办公室。查尔斯有一间看得见风景的办公室，墙上还挂着两杆神气十足的猎枪。据说那是查尔斯曾祖父的遗物，曾被用来保护查尔斯家族在南得州的富裕庄园。

本杰明奉查尔斯为偶像，曾多次想象自己十年后坐到他的位置上。查尔斯常年戴牛仔帽，穿牛仔靴，威风，直率，在太阳城移民局，即使在最晴朗的日子，他可翻云，也可覆雨。

查尔斯说："西镇又出了个中国人的案子，你去处理一下。正好你回来了，不然我还不知道让谁办。"

"案犯叫什么？"

"名叫菡，姓夏。"

本杰明一震："她是干什么的？"

"开个什么88美分店。"

果然是他认识的夏菡！他突然恐惧了起来，似乎墙上的两杆猎枪，同时把黑洞洞的枪口转向自己。

查尔斯接着说："有人打来一个告密电话，菡的绿卡申请已经作废，她在美国非法滞留。"

"绿卡申请怎么会作废？"

"她丈夫替她申请的，不过后来他们离婚了。她隐瞒真相，险些就让她蒙混过了关……"

"我们有他们离婚的证据吗？"

"还没有，所以我要你去找，去调查，也好立案……"

"那么多偷渡移民都没抓，偏抓这么个有绿卡申请的……"本杰明低声说。

"你什么意思？"查尔斯严厉地看了他一眼，"有人举报，我就得处理！她是在西镇被抓的，你该见过她的，怎么会让她从你眼皮底下溜掉？"

"我不可能调查那里的每一个中国人。"本杰明替自己辩解。

受查尔斯之命，本杰明前来提押菡到太阳城移民局问话。在过去的三个月中，他反复设想过与菡重逢的情景，但其中任何一种都不是发生在监狱中！设想，怎么拼得过红尘的力量？他似乎被骤然卷入一场意外的竞技，对输赢的结果一片茫然。如果菡承认自己从法律上已离婚，他就可以向查尔斯交差，或许还算立下一功。但他真想把菡交给移民法庭，看着她继续坐牢，经历一道道法律程序的折磨吗？

这时体检室的门被推开，菡出现了，紧随其后的是一个戴黑框眼镜的女狱警。菡缓缓地走过来，远远地看到本杰明，陡然一震，像被电棍击中了似的。本杰明感觉自己像一个魔术师，猝不及防的变脸使观众受了惊吓。在西镇时，他的公开身份是卫生局的检察员，现在却成了移民局的警察！菡快到本杰明和佩蒂面前时，女狱警指令她停下脚步，她听从了。

菡显然刚出浴不久，头发还湿漉漉的，肤色是受惊后的惨白，眼眶浮肿，像溺水后刚被拖上岸。神情落寞，又添一层囚犯式的沉郁。她并不抬眼看本杰明，但睫毛却分明在颤动，随时会被折断似的。她上身纯棉的白衬衣倒平整，透露出一贯的文雅和随意。下身的墨绿色棉布裤，是监狱发的，对她太宽肥了些。她右手上缠着一团白纱布，斑斑点点的血迹仍默默渗出。

“怎么这么晚？”佩蒂不满地问。

“去看狱医了。”女狱警回答。她二十出头的年纪，身材单薄，皮肤白得有些病态，倒像也在坐牢似的，神情严肃得近乎滑稽。

“她的手是怎么回事？”本杰明问。

“砸门砸的。”女狱警耸耸肩膀说，“她是一进宫，文化休克，和同牢房的囚犯闹矛盾，整天神经兮兮、哭哭啼啼的，我一气之下把她关进了单人间……”

“单人间?!”本杰明不由得惊叫起来。

“就是没有窗户的那种……每天只能出来十五分钟洗个澡……”

本杰明不客气地打断了她：“我知道什么叫‘单人间’!”

“她受不了，砸门想要出去……我才不理她，结果她把自己的手搞成这个倒霉样子……”

“医生怎么说？没骨折吧?”本杰明接着问。

“没什么大不了的！不过这不是她看医生的原因，”女狱警轻描淡写地说，“她怀孕了。”

本杰明一惊，心狂跳起来，怀孕了?！谁的孩子？他把探询的目光转向菡。

菡并没有抬头迎接他的目光，只画中人般默立着。

“怎么才发现?”佩蒂问。

戴眼镜的狱警说：“起初她不知道，没来那个，还以为因为坐牢受了惊吓，直到上个星期开始呕吐……今天早晨吐得更厉害了，就央求我去看医生……”

“几个月了?”佩蒂问。

“三个多月了。”仍是女狱警替菡回答，“医生说她的身体状况不太稳定，建议让她今天休息，不要押到移民局问话了。”

“这我们可做不了主，”佩蒂翻着眼白，“我们得问老板。”

按理说，菡的案子归本杰明管，他该向查尔斯请示，但他突然怯懦了起来。“你打个电话给查尔斯，好吗?”他对佩蒂说。

佩蒂从口袋里拿出手机，走到拘留室旁去打电话。本杰明一时无语，就和菡相对僵立着。他意识到菡自从走出体检室，还没说过一句话。即使他拔出腰间的手枪，向天空扣动扳机，也穿不透菡的沉默。在监狱大厅里的这一刻静寂中，他似乎听到了菡腹中胎儿的心跳。

过了几分钟，佩蒂回来了，摇摇头："老板发话了，按原计划进行！"

"那好吧。"女狱警耸耸肩膀，"She is all yours！（她全归你们了！）"

She is all yours！本杰明暗自品味这句话，菡归了他吗？哪一个猎物愿意归属猎人？

菡无声地把双手递给了佩蒂。佩蒂把咖啡杯丢进垃圾箱，利落地给菡戴上手铐，见本杰明仍站在原地发呆，说："还愣着干什么？走呀！"

本杰明麻木地跟随在佩蒂和菡的身后，走进了地下停车场。停车场里灯光幽暗，使他一时无法适应。半小时前还熟门熟路的每一条通道，此刻竟变成了迷宫中的曲径。他的目光一直追随着菡白色的背影。在她的身体中，一个小生命正怀着对这个世界的期望，热切地生长着，偏偏在这致命的时候！

二

本杰明开动囚车，转瞬就上了高速公路。天地骤然宽旷，他原本绷紧的神经松弛了一些。大片大片的阳光明灿灿地扑过来，似乎霎时驱散了监狱留在眼底的阴影。

他喜欢开车。自十六岁那年拿到驾照，便行不离车。当上警察之后，在外办案，追踪罪犯，更是长年在路上奔波。母亲索尼娅叫他"公路之子"，他倒觉得"孤星之子"更准确些。得州州旗上只有一颗星，所以得州有个酷酷的别名：孤星州。得州是美国唯一一个有权独立的州，但他认为，独立，不是得克萨斯人的向往，因为得克萨斯人比"纽约客"更代表美国精神，要承担改变美国的责任，现任的美国总统，在得州土生土长的乔治·布什不就是典范吗？

窗外，牧场连天，偶尔，一两幢白墙绿顶的房屋会闪过。此刻，看到这些房屋，菡会有什么感想呢？本杰明揣测着。

囚车是封闭式的，被一张铁网隔成两节，头一节里坐着提押者本杰明和佩蒂，后一节坐着在押者菡。

一张铁网，分割出两个世界，但菡呼出的温热气息，似乎伸出无数支细小的手臂，几乎要拥抱住他的肩背了……

本杰明第一次见到菡，是在西镇。

太阳城移民局抓走88中餐馆的非法员工后，就勒令餐馆关门了。本杰明原本申请结束卧底，但另一家大型中餐馆即将开张，还有一家香港人的工厂也雇佣许多非法员工，查尔斯就让他继续留在西镇。大半年过去，餐馆的房子仍无人租用，而本杰明的母亲索尼娅，作为这处房产多年的代理人，一直希望能找到租户。

那天索尼娅打电话给他，说一位远道而来的中国女子和她预约见面，要看一下原88中餐馆。可惜到了约定的时间，她的高血压病复发，头晕目眩，只好求本杰明替她出面。

本杰明是索尼娅的独子。索尼娅认识本杰明的父亲亚瑟，是在一场持续三天的露天音乐会中。那是她生活中最High（兴奋）的三天。整日唱歌、跳舞、喝酒，晚上睡搭在公园里的帐篷。本杰明是狂欢的纪念品。索尼娅和亚瑟奉子成婚，可亚瑟一直顽强地保持着疯狂单身汉的风格：酗酒、吸毒、泡妞，带回家的永远只有数目惊人的信用卡账单……在本杰明九岁那年，索尼娅和亚瑟离了婚。在整个离婚的过程中，小本杰明是索尼娅坚决的支持者。亚瑟让他蒙羞，而任何让他蒙羞的人都应该从他的生活中消失，那时他已然认定了这个原则。索尼娅离婚后，有过两段同居关系，一段维持了三年，一段延续了八年。当第二段同居关系结束后，她开始迷恋甜食，体重迅速翻了倍，健康每况愈下。本杰明常阻止她暴食甜点，但她把甜点藏在壁橱里、床底下，藏在所有他注意不到的地方，搞得整幢房子都弥漫着馊奶油的气味。本杰明对她的怜惜一日比一日浓重，凡事只要她开口求助，他从不会拒绝。

本杰明到了原88中餐馆门口，看到一个窈窕的中国女子，正在餐馆外的荒草间踱来踱去。她似乎并不思量这处房产的生意前途，只是玩味这片荒凉。

女人把头发在脑后梳着一个简单的马尾，穿米色无领无袖短衫，沙棕色的卡其布短裤，双手插在裤袋里，神情静寂平漠，竟和得克萨斯的荒野很相配。本杰明曾在德治顿的唐人街见过一幅名叫"江南春"的油画，画中的女子和菡十分相似，白净，周正，似乎生活在一个遥远时代的遥远地方，却有一双大眼睛，大到足以在瞬间把男人拉近自己，甚至让男人迷失其中。

女人看到他，就走出了荒草丛。

他说："我希望你不是千里迢迢来这儿拔草的。"

菡一笑，立即比油画上的中国女子多了几分亲切和灵动，说："我承认我脑子有点晕，但还没晕到一塌糊涂的地步……"

两人相视一笑。

"我叫菡。"她礼貌地伸出小手，和他分寸有致地握了握。

本杰明说："我是索尼娅的儿子，本杰明。很抱歉，她身体不舒服，只好失约了。"

"我希望你母亲能尽快恢复身体。"她说。

菡的声音低缓，英文发音比较纯正，不像原88中餐馆的打工妹们。她们常在餐馆大厅里叫嚷说笑，即使是在问候客人时，也会操着蹩脚的英文高喊，像是在跳蚤市场讨价还价。

她倒是有些特别呢。本杰明想，可自己对中国女人有多少了解呢？美国电影中寥寥可数的几个，不是顺从地忍辱，就是卑微地乞求，只有匍匐在地服侍男人的份儿，而近几年，武打片里飞檐走壁、挥刀舞枪的中国女子又奔向了另一个极端……

本杰明打开了餐馆门，让菡随意参观。

“你不进来吗?”她问。

他摇头：“如果你有什么问题，明天打电话给我母亲好了，我对房地产一窍不通……”

本杰明的妻子詹妮弗曾在88中餐馆当经理，在餐馆关门后离家出走，至今杳无踪影。詹妮弗说过，8是中国人的幸运数字，而88代表双倍的幸运，但对于本杰明，8只代表一颗被思念扭结的心。

半个小时后，菡从餐馆里走出来，客气地向本杰明道谢，随后告别。

过了不到两星期，索尼娅兴奋地告诉本杰明，菡准备租下原88中餐馆，开一家专售日用品的88美分杂货店。本杰明不知道菡为什么要用这个名字。他怀疑菡和原88中餐馆的老板福康有什么瓜葛，但又找不出证据。索尼娅终于租出这处房产，去掉一块心病，执意请菡到家里吃晚饭庆祝，还叫本杰明作陪。

索尼娅不擅长厨艺，结果还是本杰明手忙脚乱地帮她做好了晚饭。

“其实你请菡到餐馆去吃，不就简单多了吗?”本杰明不无怪怨地说。

“餐馆里哪有家庭氛围?”

晚上7点，菡准时到了。还是梳着简单的马尾，不过换上了一件细肩带休闲裙装，露出光洁的后背。裙装墨绿的底子，胸前点缀着细小的紫荷花。

索尼娅热情地拥抱了菡：“You are eye candy!”（你真养眼!）

本杰明也忍不住恭维：“西镇因为你，都变得凉爽了。”

在席间，索尼娅问菡："你来美国几年啦?"

"五年。"菡回答。

"原来住在哪里?"

"洛杉矶。"

"我看你没戴婚戒，单身一人?"

"和老公分居了。"

"在美国有什么其他亲人吗?"

"没有。"

"可怜的孩子！"索尼娅叹口气，"一个人多不容易！"

"不像你想象得那么难……"

"你离开中国的时候，没有受到刁难吧?"

"刁难?"菡诧异地反问。

"听说中国政府不让人随便离开呢。"

菡恍然："那是二十几年前的事情了，中国在变呀。"

本杰明插嘴道："那你怎么想到要搬到得州呢?"

"因为得克萨斯是理想的伤心地。"菡说。

本杰明惊讶地看着菡。

"你看过电影《得克萨斯州的巴黎》吗?"

他摇摇头。

"你真是得克萨斯人吗?"

她点点头："从头到脚都灌满得克萨斯的热气……我第一次看《得克萨斯州的巴黎》，是在上大学时候。我看电影从不看第二遍，不过这个电影，我在过去的十年里，看了五遍。"

"真那么值得一看吗?"

"很多人可能会觉得沉闷……"

"那是什么感动了你呢?"

“你看了，就知道了。”菡说。

晚餐在温馨的氛围中结束。本杰明很久没和母亲一起吃一顿正式的晚餐，因为菡的出现，他竟找回几分家的感觉。

转天，本杰明特地到录像店里去借《得克萨斯州的巴黎》，录像店里没有，后来又去了图书馆，终于找到了。

影片在得克萨斯的荒漠上拉开了序幕，本杰明无比熟悉的荒漠。很多镜头是空的：车窗外寂寞的荒野，孤独的吉他声诉说忧伤和忏悔……

男主人公在得州的沙漠里独自行走了好几年，后来回到了弟弟在加州的家，竟拒绝说话。没有人知道在他和妻子之间发生的事情。他四处打听，终于寻到妻子的行踪，于是带儿子开车去得州。他走进一幢破败的建筑，在一个小房间中找到从事色情业的妻子。墙壁是半透明的，他可以看到妻子，但妻子看不到他。他将过去的事娓娓道来。以前妻子总想离家出走，出于妒忌，他把妻儿锁在车库里。有一天半夜醒来，他发现家里失火，急忙奔向车库，但妻儿已远走……他终于让妻子“认出”自己，并告诉了妻子儿子旅馆的住址，让他们母子团聚，自己则悄悄地离开……

在黑暗中，本杰明和男主人公的影子慢慢融为一体。自从詹妮弗失踪后，他常做同样的梦：在沙漠上漫无目标地跋涉……

88美分店开张了。本杰明选周一的晚上去购物，因为那时客人比较少。

他刚一出现在门口，菡立即走过来迎接他。菡把头发盘起，穿紫藕色的唐装，更像画中的女人。

“欢迎光临！”菡说，浅笑着，于是一句职业性问候就掺了几分暧昧的暖意。

他买了六节电池，半开玩笑说：“质量能保证吗？中国制造的东西名声不太好呢。”

“在我这里买的，质量不好，保退换的。”

“做得到吗?”

“我对假的东西过敏。”菡的神色严肃了起来。

本杰明心一动。求真的人，能让他心动。他说：“顺便想告诉你，我看了你推荐的电影《得克萨斯州的巴黎》。”

“感觉怎么样?”

“像是专给我拍的……”

菡讶异地看了他一眼：“怎么可能?”

“被离弃的人把被离弃的感觉藏得最深……”他说。

“那就是有共鸣了。”

“不过我不明白，在十几年前，20 世纪 80 年代的中国，你怎么会被感动? 你的生活离得克萨斯那么遥远……再说，十几岁的女孩子，该喜欢花呀、草呀的……”

“花儿、草儿会枯萎，荒原不会；亲密是暂时的，疏远是永远的；逃离、流浪、漂泊……这些东西才永恒。”菡的口气随意，像谈论一支歌曲，或者一道菜。

本杰明怔怔地望着菡，心想，在她的这双大眼睛里，究竟潜藏着多少他不能读懂的内容。

“我一直都在逃，”菡叹口气说，“像一只小老鼠，可总觉得背后有一只猫，白色的或黑色的……我那时想，逃到荒原上，我就可以解脱……”

荒原，在车窗外执着不倦地出现……

“现在，我成了菡背后的猫。”本杰明一边开车，一边想，“此刻她一定非常想逃……”

本杰明的手机刺耳地响起来，划破了囚车内的沉默。本杰明接通手机，是查尔斯打来的。

“本杰明，你听仔细了，”查尔斯说得字字清晰，“你马上掉转方向，押送夏菡到德治顿移民局！明天就遣送她回中国！”

“为什么？”本杰明惊问。

“你忘了我的规矩了，我一旦做出了决定，就不要问我为什么。”

“可是，”本杰明压低了声音，“她的情况比较特殊……”

“我知道她怀孕了，正因为这个原因，我才要遣送她！这是中国人喜欢玩的花样，以为生个美国公民，就可以永远留在美国……”

“这……我不能确定……”

“不管她的动机是什么，她犯了法，我们就要惩治！”

“可是……她的案子还没到法院……我们有权这样做吗？”

“上面有新规定，我们可以随时遣送非法移民！”

“是不是太仓促了？”

“你怎么这么啰唆？我已经和德治顿移民局联系好了，他们会帮你安排航班。拿出一点铁腕来！这几年我们没什么业绩，真是耻辱！别忘了，布什总统是我们得州人，我们要让他为我们而骄傲！”

“好的……”本杰明说。

他挂断了电话。把囚车转进了一个加油站，随后掉头，扭亮指示灯：向南行驶。

佩蒂问：“我们去哪里？”

“德治顿。”本杰明回答。

“去德治顿做什么？”菡放弃了沉默，问。

本杰明从后视镜中看到了菡惊诧的神情，他说：“到那里你就知道了……”

“我有权现在就知道……”

“先去德治顿移民局。”

“我的案件不归他们管……”

“德治顿移民局只是协助我们，我们老板决定遣送你回国……”

“遣送?!”菡惊叫起来。

“是，遣送。”本杰明说。

“在这么特殊的时候？我……”

本杰明无言以对。

“那我的生意怎么办?”

“这……你能托付给亲戚吗?”

“我在美国没有亲戚!”

“那……当地政府……会处理的。”本杰明结巴地说。

“你们不可以这样做，我要给我律师打电话!”菡抗议道。

本杰明转过头，遭遇了菡的目光，愤怒、惊讶、怨恨……他的眼睛像被山火烧烤到一般，仓皇地逃开。

佩蒂插嘴道:“我们不会让你随便打电话。”

“你们不可以这样对待我，我在任何时候都有权利找律师，这是美国法律规定的!”

“哼，美国法律! 你对美国法律懂多少?”佩蒂说。

本杰明试图解释:“规定刚改，我们可以随时遣送非法移民……你应该懂的，每次政府改规定，总有一些人会受到影响……”

“总有一些人要做牺牲品，这太不公平了!”菡情绪激动地叫道。

佩蒂低声对本杰明说:“早点把她送回去，我们也能结案，一了百了。”

一了百了？本杰明想，会像吃一片奶油蛋糕那么容易吗?

太阳仍深情脉脉地悬在天空，高速公路在眼前绵绵地延展，牧场上的牛马依然悠闲散步。似乎什么都没有被改变，除了菡的命运……本杰明突然有些眩晕。这将是怎样的旅途？是遣送，告别，甚至是永别……

而在菡的身体中孕育的小生命，很可能是他播种下的！

三

在汽车的马达声中，本杰明还是分辨出了菡的呻吟。他转过头去，看到菡的脸色愈加苍白了，大颗的汗珠挂在额头上。他不用去摸，就能感觉到那汗是冷的。

“你没事吧？”他问。

“我……要去洗手间……”菡神色窘迫。

佩蒂转过头，一脸严肃，厉声地说：“你可不许撒谎！”

“我撒什么谎？我记得得克萨斯，印第安话 tejas，是‘朋友’意思，你怎么就不能把我当朋友，对我友好一点？”

“你是谁？”

菡沉默片刻，又说：“我肚子痛，真的必须去洗手间。”

本杰明把囚车停进了一家“小丑”快餐店的停车场。三人一走进快餐店，便引起所有人的注意，两个男孩，正在为抢夺冰激凌而大声争吵，立刻闭了嘴。

两个全副武装的移民警察押着一位中国女子，这样的镜头够捉人眼球了。本杰明想。

坐在角落里的一个女子，原本正在笔记本电脑上打字，竟惊讶地站了起来。她对菡问了一句话，菡立即回答了。两人对话用的是中文，让本杰明十分恼火。菡听得懂英语，他却听不懂菡说的中文，这是不公平的游戏。

佩蒂立即制止菡："闭嘴！"

那女子二十几岁年纪，生气勃勃，把一头短发挑染出至少四种颜色：红、黑、褐、金，在银灰的长背心外束了一条宽腰带。腰带上的骷髅图案，似乎立即把她划入了时尚行列。

本杰明、佩蒂跟在菡的背后到了洗手间门口，本杰明对佩蒂说："你和她一起进去，小心她寻短见。"

"你还挺在意她！"佩蒂讥讽地说。

本杰明面无表情："保证她不出任何意外，是你我的责任。"

佩蒂和菡走进了洗手间。

这时彩发女子走了过来，却被本杰明拦住："你等她们出来再进去。"

"你没有权利阻拦我上洗手间！"彩发女子说纯正的英语。

一看就是个 ABC（American Born Chinese·美国出生的中国人）。本杰明暗想，自以为一出生就可以享有美国公民的所有权利。他不客气地说："我有权力阻止你接近我的囚犯！"

菡和佩蒂出来了。菡看到彩发女子又说了一句中文，彩发女子立即点了点头。

离开快餐店，回到囚车上，本杰明稍微松了一口气，但菡目光中的失望和敌意，让他全身立即僵冷起来。他打开音响，希望能缓解车中紧张的气氛。得州乡村音乐台正在播放著名墨西哥裔歌手席琳娜（Selena）的歌《Captive Heart》（《被俘虏的心》）。

我看到他走来，
我感觉到危险；
我听到他的声音，
我的心停顿。

他戴着黑夜的面具，
哦，完美的陌生人。
我在坠落，
不管是否有准备。

本杰明和菡曾一起听过这首歌，在一家名叫Tejas（朋友）的墨西哥餐馆。半年前，他邀她去太阳城游玩，并请她品尝正宗的墨西哥餐：玉米饼塔哥，卷烤牛肉和五色蔬菜。

四个戴草帽的墨西哥男歌手，每人手里拿着一样乐器，来到他们的餐桌旁。其中年长的一位说："给你的女朋友点一首歌吧。"

本杰明微笑，并不解释："随你们唱吧，她喜欢忧伤的，谈情说爱的。"

菡微笑着摇头。微笑是默认，摇头是否认，菡就是这么矛盾的女子。

于是四个人就万分抒情地唱起了这首《被俘虏的心》。

一曲终了。本杰明给了歌手小费，他们满意地离开了。

"够忧伤吧？"本杰明问。

"仔细想想，陷入危险爱情的人，和坐牢的人，有什么两样呢？"

"这首歌，让我想起了我妻子詹妮弗……她是席琳娜的崇拜者。"

"她现在在哪里？"

"失踪了，就像《德克萨斯州的巴黎》里的妻子……"本杰明一脸黯然。

"对不起，触动了你的心事……"

"你知道，被遗弃是什么感觉？"

菡点点头。

“谁遗弃了你?”

“我的前男友。”

“为什么?”

“他说，我这人适合当情人，不适合当妻子……那时我们住在中国北方，他给省长当秘书，我在出版社当翻译。我去南方出了一趟差，回到家，他已和另外一个女人订婚了。”

“我不明白。”

“他希望有朝一日当上省长，他需要一个在仕途上对他有帮助的人。陪人吃饭，巴结、贿赂别人，这一套我玩不来……我这人比较散漫，不懂进取。”

“在中国，好像所有的人都在相互贿赂。”

“他愿意永远和我做情人……”

“他在订婚时就准备好了欺骗他未来的妻子?”

“我也这样问他，他说这有什么奇怪的? 中国男人，骨子里都向往妻妾成群，新中国这么多年，这种想法被压抑了，现在可以放开了。再说，只要我们小心一点，不会被人发现的。”

“这真是一个残酷的建议。你怎么说?”

“我说你去下地狱吧，那里有很多女魔鬼等着你!”

“哈，你倒蛮厉害的!”

菡告诉本杰明，她前男友结婚那天，她回湖州老家探亲，或许她就是想逃避。家，其实早已不是她的避难所。母亲下了岗，爱啰唆的脾气立即膨胀了几倍；父亲在工厂里当了多年的技术员，一直不得志，每天一回到家就开始喝闷酒。她坐了一夜的火车，到家后又昏睡了一天。起床后，晕乎乎地走进厨房去拿水，才发现父母和姐姐菁正在和一个陌生的男人吃晚饭。那男人生得干瘦，但全身名牌，举止倒有几分见过世面的气度。

她才恍惚记起母亲说过那天是菁相亲的日子。

菁端坐在桌旁，化了一脸精致的妆，像等待上场的戏剧演员。菁比菡大三岁，中学模范教师，母亲身边的孝顺女儿。菁活得目标明确，做事干净利落，且永远装扮得一丝不苟，

四人对菡的出现同时露出了惊讶神色。菡头发蓬乱，眼神迷蒙。身上的睡衣薄薄的，遮不住身体。菁呵斥她回房间去换衣服，她便转过身，无意中，把背后几乎完美的起伏呈现给了那男人。

那男人名叫常笙，住在洛杉矶，看中了菡。那时的菡，像随一群人登山，其中一些人早早到了山顶，俯视挣扎的众生，而菡还在山间徘徊，把捉襟见肘的消沉生活过得有些厌烦，也有些恐惧，于是就想到另辟蹊径，而常笙，殷勤地把一条西方的蹊径铺展到她的眼前，她无力拒绝。

菁和菡断绝了关系。在菁眼里，菡是把风光占尽的女人，而占尽风光，还要表现出一副不刻意的样子。

一年后，菡踏上了赴美的班机。

常笙在洛杉矶有一幢房子，一辆 BMW，日子过得算舒坦。常笙一直想要个儿子，不过三四年过去了，菡的身体并不协作，夫妻之间就有了间隙。这间隙要是在国内，被亲朋好友觉察到，可能早就齐心协力地填补了；可在国外无人理会，一天天分裂得飞快。

常笙平生最恨的东西是安全套，而偏偏又染上了一个嫖妓的毛病。他和妓女无安全措施操作的情景，便成了菡的噩梦。

菡说：“有些男女关系是有毒的，这话用来形容我和常笙的关系，再恰当不过。”

她离开了常笙，打点行装来到了得克萨斯。

“你那时没想过回中国吗?”本杰明问。

菡摇摇头:“不知道回去能做什么。”

“我一直想象:中国究竟是个什么样子?”

“那你该到中国看看。”

“社会主义到底是怎么回事?”

“我不懂政治,所以不会解释,不过社会主义在美国永远不会生根,因为即使贫穷的美国人,也不向往社会主义,他们认定了自己只是暂时落魄的百万富翁。”

本杰明微笑起来。

吃过午餐后,本杰明带菡去“State Fair”(州集市)。集市上游人如织。看赛马,看杂技,坐过山车……每到一处,都听得到人们兴奋的叫喊。他们来到集市中的露天剧场,看乡村歌手乐队“得克萨斯牛仔”演出。

四位男歌手走上舞台:一位在钢琴旁坐下来,一位准备敲鼓,一位开始调整电子琴,最后一位是主唱亚瑟。亚瑟五十几岁,长发披肩,上身仅穿一件黑皮马甲,露出手臂上黑龙图案的刺青,挎一把电吉他。他们唱的是乡村歌手小威廉姆斯·汉克的《Lost Highway》(《迷失的高速公路》):

我是一块滚石,孤独又迷失,

为这有罪的生活,我付出了代价。

亚瑟且舞且弹且歌,完全投入到演出中,把歌曲演绎得淋漓尽致。亚瑟本人就是一块孤独的滚石,迷失在高速公路上,本杰明想。亚瑟的声音比前一年喑哑,融入沧桑,反添了磁力。那变化是细微的，也许只有他才感觉得到。

这时观众都站了起来，手舞足蹈，和乐队一起唱，把场内原本灼热的气氛燃到沸腾：

我只是个年轻人，二十到二十二岁，

不好也不坏，是个像你一样的孩子。

本杰明对菡说：“那个主唱，叫亚瑟，是我爸爸！”

“什么？”

本杰明不得不提高声音：“那个主唱是我爸爸！”

“天哪！”菡惊讶地叫道，“你一点都不像他！”

本杰明把头发梳理得中规中矩，穿棕白两色的小方格衬衣，样式保守的米色卡其布裤子。

一曲终了，观众欢呼起来，喊着“亚瑟！”“亚瑟！”“得克萨斯牛仔！”

满头大汗的亚瑟面露笑容，从肩上摘下吉他，挥舞着向观众致意。突然，他双腿一软，扑倒在舞台上，把吉他摔到了几英尺以外。全场观众几乎同时发出一声惊叫。本杰明反应得甚至比保安人员还迅速，拨开人群，冲上舞台，嚷道：“你，你怎么啦?!”

亚瑟沉默，成了高速路旁躺卧的岩石。

“你醒醒！”本杰明的声音颤抖，充满恐惧，“派对还没有结束……”在过去二十几年中，他从未这么靠近过亚瑟，甚至嗅到了亚瑟头发中的汗味。

过了十分钟，救护车到了。本杰明和菡跳上救护车，陪亚瑟去了医院。

两个小时后，医生宣布亚瑟因心肌梗死，离开了人世。那一首《迷失的高速公路》，成了亚瑟的绝唱。

本杰明和菡一起回到集市。游人早已散去，旋转归于静止，喧嚷融入无声。他在露天剧场的舞台上找到了亚瑟的吉他，弦弦皆断。

“我爸爸总说，他会活得痛快，死得年轻，这被他说准了。”

本杰明告诉菡，在索尼娅和亚瑟离婚三年后，亚瑟曾回到家来，乞求索尼娅的原谅。索尼娅有些心软，但本杰明阻止她收容这个浪子。像亚瑟这样的人，永远以自我为中心，不会为索尼娅，也不会为本杰明改变自己的生活方式。在成长的岁月里，本杰明一再避免的，就是成为亚瑟，因此他选择了警察这个对自律性要求极高的职业。享乐的一代有时造就刻板的下一代，这在亚瑟和本杰明身上得到证明。

“我当初是不是对他太冷酷?”本杰明问菡，“现在他走了，我再没有机会了。”他伸出双手握住了菡的双肩：“你说，他会理解吗?”仿佛菡成了亚瑟的代言人。

“我想，他会的。”

本杰明像负罪的人得到了豁免，如释重负地把头埋进了菡的肩胛里，随即他呼吸到了菡清爽的气息，清爽如荷花在晚风中送香。他寻到了她的唇，那宽恕他、让他忘忧的源头。

那一夜，在露天剧场的舞台旁，菡这个来自遥远中国的女子，把她圆润的身体一寸寸地展示给了他，让他终于开始理解她那复杂如画的文字。身份和差异被忽略，背景和经历被淡化，年轻的身体无声地嘶喊，只为共同的愿望寻求绽放的理由。他把生命的雨几次倾注进她的花蕊……

高速公路上的滚石似乎停滞，得克萨斯的天空从未如此恬静。

Utrecht

四

在德治顿移民局，一位名叫诺曼的警官接待了本杰明和佩蒂。诺曼是白人，五十几岁，一脸和气，举止动作与其说像警察，不如说更像社区义工。

诺曼说："我最快能把菡送上后天去北京的班机，你们得先把她关到德治顿监狱。"

这时本杰明接到了线人的电话：福康出现在德治顿唐人街！他像被注射了兴奋剂般，立即进入了备战状态。他让佩蒂押送菡，自己去追踪福康。他从诺曼那里借了一身便服穿上，就上路了。抓到福康，不仅可以让88中餐馆案有个了结，还可能打听到妻子詹妮弗的下落。

四年前，詹妮弗在太阳城一家食品公司当会计。有一天她到一家银行去存钱，没料到排在她前面的男人转过头，像抓小鸡般把她抓在手里，用手枪对准了她的太阳穴……虽然抢劫犯在当天就被制伏了，但詹妮弗的世界却开始坍塌，似乎面前的每一个人都会随时转过头来，把自己变成人质。她患上轻度精神分裂症，情绪时起时落。在本杰明被派回西镇卧底时，她已停止工作了一段时间，但依然不愿到小城里生活。本杰明几乎是强迫地拉她搬到了西镇。

詹妮弗偶然看到88中餐馆招聘经理的广告，便去应聘，本杰明没料到她居然立即被雇用。

詹妮弗在88中餐馆得到了前所未有的瞩目，所有的人都叫她"Pretty Girl（美女）"。她天生金发碧眼，让那些容貌黯淡的女侍应生羡慕不已；她穿大红的丝绸唐装，尺寸却小一号，且真空出场。厨房里那些单身男人，在梦中都和她睡过，而且不止一次。顾客们第一次见到美国女人穿上唐装，眼前总是一亮。她成了一道东西方共同欣赏的风景。老板福康更是不懈地用他仅有的几十个英文词恭维她，会一天说几遍“You are sexy!”（你真性感!）他的目光只要有三十秒钟的空闲，就一定盯在詹妮弗的身上。

詹妮弗常念叨餐馆里的一些事情。据说，福康偷渡到美国，用了整整三年的时间，有几次还险些送了命。在泰国时，他被警察追捕，情急之下跳进河里，结果被毒蛇咬伤，在右臂上留下一长条伤疤。福康到了美国，顽强不息地帮他的三亲六故偷渡美国，这些人现在分别在美国的十几个州开中餐馆。他下一步要安排他的几个同乡偷渡。本杰明见过福康几次。福康留平头，虽然个子不高，但宽肩阔背，脚步生风，一望便知是意志坚定的人物。

出于职业的敏感，本杰明从这零零碎碎的故事中理出了一些头绪，断定福康是一个偷渡集团的头目。把一个人从中国偷渡到美国，收费大概五万美元，福康做的是暴利生意。本杰明请求查尔斯立案。太阳城移民局包抄了88中餐馆，审查了每一位员工的身份，唯独对正宗美国公民詹妮弗连话都没问一句。

当天晚上本杰明回到家里，看到詹妮弗坐在沙发上，哭红了一双眼睛，精神恍惚。

“88中餐馆出事了!”她说。

“我听说了。”

“那些可怜的人，都被抓进了监狱。”

“他们是罪犯。”

“他们整天都在工作，一周七天，一天十五六个小时，什么时候去犯罪?”

“他们非法入境，就犯了罪。福康只需打电话，就可以组织偷渡了。你听得懂他在电话里说什么吗?”

“他只是帮亲戚朋友的忙……”

"你太天真了!"

詹妮弗沉默了。

"好了，别难过了。"本杰明接着说，"你愿意在餐馆工作，我们还可以联系其他餐馆呀。"

本杰明那些天太忙了，找不出时间陪詹妮弗，也不知她整天想些什么。一个星期后，他在深夜回到家，不见詹妮弗的人影，只见到了她留下的字条：

"我走了，不要设法找我。"

本杰明自然不会听取她的建议，他想方设法四处找她，但她踪迹全无。他一直怀疑詹妮弗的出走和福康有关，而福康像一粒沙，了无痕迹地融入了荒漠。

德治顿的唐人街在霓虹灯下愈加陌生，写满中文的招牌像在无声拒绝本杰明的来访。几个聚在职业介绍所门前的中国人和墨西哥人，打着赤膊，彼此用简单的英文开着粗俗的玩笑。

本杰明按照线人提供的信息，来到了初春按摩店。按摩店设在一幢旧楼的底层。店主把一间大办公室分割成十几个格子间，亚裔按摩女们便像棋子般嵌进每个格子间里。在暧昧的灯光下，劣质的家具倒显出几分虚幻的美感，而按摩女们也把色情的彩妆涂得有浓有淡。在看过了《得克萨斯州的巴黎》后，本杰明总有一种幻觉：在一个暧昧的地方撞见落入风尘的詹妮弗，就像男主人公找到从事色情业的妻子。

他拉开一扇又一扇门，既忐忑又恼怒地审视一对对正以不同的姿势寻欢的男女。其中一个中国男人，很像福康，但并不是福康。他极想把那个男人从床上揪起来，臭揍一顿，发泄一下心中怒火，但最后还是忍住了。

他失去追踪的目标，离开按摩店。在深夜里，像一个疲惫而沮丧的猎人，在唐人街的丛林中逡巡着……

第二天早晨，本杰明刚走进德治顿移民局大楼，迎面碰上诺曼。诺曼说：“有两个男人在接待室里等你。”

本杰明随诺曼走进接待室，看到一个精干的白人和一个瘦小的中国人。诺曼向两人介绍了本杰明。白人向本杰明伸出了手：“戴维·卡特，洛杉矶的律师。”随后指指中国男人，“这位是常笙先生，夏菡的丈夫。”

本杰明和常笙也握了握手。常笙的手像一小把干柴，硬而枯。联想到这双手曾在菡柔润的身体上游走，本杰明的脸色沉了下来。

戴维说：“我们坐昨天的夜班飞机赶来，就是想了解菡的案件。”他穿一套做工讲究的西装，头发被削得短短的，目光如鹰，一望便知是伶牙俐齿的主，能在法庭上让死刑犯被无罪释放。

“你听谁说菡在这里的？”

“我们自有消息来源。”戴维的神情颇得意。

一定是那个彩发女子走漏了消息！本杰明想，菡对她说中文时，告诉了她常笙的电话号码。菡会向背叛她的常笙求救，而不向他这个移民警察求救。他的妒火突然被点燃了起来。他冷漠地说：“我无可奉告。”

“常先生作为菡的丈夫，有权了解菡的案情。”

“常先生告发了菡，他该比任何人更了解案情！”本杰明语含讽刺。

常笙惊讶地叫道：“你怎么知道的？！”

本杰明微微一笑，这个干瘦的家伙果然中了他的诈计！

戴维立即插嘴道：“谁告发了菡，现在不重要，你们已经抓到她，重要的是案件有新发展，菡怀孕了！孩子很可能是常先生的，他要求做胎儿亲子鉴定。”

本杰明转过头问常笙："你最后一次见到菡是什么时候?"

"三个多月前。"

"什么?"本杰明似乎没听懂常笙的话。

"三个多月前，我在西镇见到她，和她睡了……"常笙理直气壮。

本杰明想，菡居然这样? 她不是说一想到和常笙睡，就觉得恶心吗? 难道她也和许多女人一样，擅长用谎言把毒汁描述成玉露琼浆?

"如果胎儿是你的，你打算怎么办?"本杰明问。

"如果是我的，我就要求撤销菡的案件；如果不是我的，随你们怎么处理她。"常笙直截了当。

本杰明冷冷一笑："撤销她的案件，你有这么大的能力吗?"

"我可以恢复她的绿卡申请。"

"那你以前向移民局报案，就等于向执法人员撒谎了，我可以逮捕你!"

"且慢!"戴维说，并指了指常笙的鼻子，"从现在开始，你，闭嘴! 你，本杰明，去请示你的老板，我知道你做不了主的。"

本杰明显然受了羞辱，脸涨红了，极想出拳砸向戴维的双眼，让他鹰一样的目光霎时黯淡下去。为什么前人在设立警察这一职业时，又要设立律师?

本杰明说："你们先在这儿等等吧，你得拿出足够的耐心来。"随后和诺曼离开了接待室。

本杰明派佩蒂去德治顿监狱押解菡，他要澄清事实真相。在诺曼的协助下，他迅速地调出了常笙的移民档案。

常笙曾住在中国湖州，靠卖小商品为生，后来开了一家贸易公司。20 世纪 90 年代初，一桩异族婚姻成了湖州的头条新闻。美国驻湖州大使馆的黑人签证官和一个中国女人结了婚，两人的婚姻得到了当地政府官员的祝福，市民的关注。签证官的太太豪爽，大碗喝酒，大块吃肉。她周围的人下海经商，都发了财，她眼红了，苦思冥想，想出了一条生财妙计：变相出售美国签证。一时间，做着美国梦的湖州人都千方百计地和她拉上关系。丈夫坐在办公室发签证，她坐在家里收钱。常笙在她手上买到了一张企业家签证。美国外交部发现湖州大使馆的漏洞，立即撤了签证官的职，但为掩盖丑闻，只好放弃对上千非法签证持有者的追究。

常笙到了美国后，迅速找到了一个合伙人，开了一家中美合资的贸易公司，专营伪造名牌货。两年后，拿到了企业家绿卡。

本杰明打电话向查尔斯请示常笙的要求，查尔斯听了，十分不满：“怎么会有人知道你要遣送菡，怎么会走漏消息？你是不是同情这个女人?”

本杰明大气都不敢喘一声。如果查尔斯发现他和菡的关系，他就不会再有一天安宁的日子。

查尔斯接着说：“你告诉那个姓常的，还有那个什么大牌律师，他们要是能从德治顿移民法官那里拿到一个指令，我就允许医院做亲子鉴定；拿不到的话，就让他们立即滚开！”

本杰明向常笙和戴维转告了查尔斯的决定。

戴维说：“我们有权见一下菡吧?”

本杰明犹豫片刻，说：“好吧，我可以让你们见她。”他是可以拒绝戴维的要求的，但他被好奇心折磨着，他想知道菡和常笙的关系究竟是不是“有毒的关系”。

十几分钟后，佩蒂押着菡走进了接待室。菡比前一天更虚弱，似乎一夜无眠，眼眶青黑，像被人恶作剧般涂上浓重阴影。几个月前还像花一般的女子，竟然这么快就枯萎了。

常笙面露喜色，说了一句中文，被本杰明立即打断："我不允许你们在这儿说中文！"

常笙改用英文："你到底还是争气，肚子大起来啦！到这种时候，还是想我吧？"

"我和你是有协议的，我不揭发你，你也不撤我的绿卡申请！你怎么这么不守信用？"菡质问。

"我以为你是说气话要离婚的，谁想到你会跑到得州来独立？现在我不是来救你吗？"

"你如果不害我，不强迫我……今天也不用救我……"

本杰明立即问："什么？他强迫你？"

佩蒂叫起来："他要是强迫你，你可以告他的！"

常笙不屑地一笑："什么强迫不强迫的，我们是夫妻！"

本杰明立即反问："如果你承认和她是夫妻，那菡就不是非法滞留啦！"

戴维阻止常笙："你闭嘴！我们去找法官吧。"

戴维和常笙离开后，菡问本杰明："你们可不可以推迟遣送？"

本杰明不敢正视菡，有些艰难地摇摇头。

"我们带你去诺曼的办公室，先在遣送文件上签个字。"佩蒂对菡说。

"我……我……"菡不由自主地倒退了一步，"我今天感觉很不好，头晕、恶心……明天恐怕坐不了飞机……"

"别啰唆了！"佩蒂不耐烦地说。

"我担心孩子……"

"别拿孩子当借口！"佩蒂打断菡的话，从背后推了菡一把，"走吧。"

佩蒂出手过猛了，菡踉跄一下，身子竟撞到墙壁上。她惨叫一声，用双手捂住腹部，惊恐地抬起眼，声音微弱地说：“我……肚子痛，快送我上医院……”

本杰明看到血从菡的裤脚滴落到了大理石地面上。他、佩蒂还有诺曼手忙脚乱地把菡拖上囚车，向离德治顿移民局最近的圣玛丽医院驶去。

公路上，前面的车越开越慢，本杰明也不得从每小时五十五英里，减到三十英里，随后到十英里，最后完全停了下来。

“前面大概出车祸了……”本杰明对佩蒂说。

菡惨烈地哭嚷道：“再不到医院，我的孩子就保不住了！救救我的孩子吧……”

本杰明把警灯放到车顶上，脱离车队，沿着高速公路沿行使。佩蒂对他说了些什么，他都听而不闻。他把焦灼忧心都写到了脸上，仿佛变成了一个飞车送妻子上医院的丈夫，而不是押送囚犯的移民警察。

本杰明开始暗自祈祷起来：上帝呀，原谅我这么迟才向你请求，如果你听到了，求你保佑菡和她的孩子吧。

五

圣玛丽医院终于到了。

在菡被放到移动床上，即将被推入急诊室那一瞬，本杰明奔到她面前，想说一句安慰的话。菡立即闭上了眼睛，但眼泪却无声地流了出来。

那“菡”字中的四点，是眼泪的意思！本杰明突然想。

他在急诊室门外焦灼地踱来踱去。佩蒂和诺曼被他的焦躁惹得烦了，丢下他出去买咖啡。

大约一个小时后，一位二十几岁的护士走出了急诊室。她是白人，长相讨喜，穿一身粉红护士服，给暗淡的医院添了亮色。从她胸前挂的名签上，本杰明得知她叫梅丽。

本杰明立即问："她怎么样?"

"她脱离危险了，不过孩子没保住……"

"天哪!"他叫了一声，"这是我最担心的……"

护士看了本杰明一眼，似乎在揣度他的话。

"我能进去看看她吗?"

梅丽摇摇头："她的身体很虚弱，精神也不稳定，不想见任何人……"说罢急急地离开。

本杰明跌坐在长椅上，忍不住开始想象那个流失的小生命的形状。罪孽感，像被泼洒的墨汁，在心纸上迅速漫延。

踢踏的脚步声近了，他抬起头，看到常笙和戴维。戴维得意地扬了扬手中的一张纸："拿到法官的指令了!"

本杰明面无表情："太——迟——了!"

"什么?"常笙叫起来，"孩子怎么样?"

"没保住……"

常笙瞠目结舌。

戴维说："即使孩子流掉了，你还是可以做亲子鉴定。"

本杰明说："是呀，免得你以后有疑问。"

常笙犹豫了片刻："那好吧，既然这么远跑来了，花了这么多律师费……"

戴维问本杰明："早晨菡还挺正常的，你们是不是虐待她了?"

本杰明并不回答。

戴维把头转向了常笙："他不回答就等于默认，你可以控告移民局的!"

"我可不想打这没完没了的官司，把赚的钱都送给你……"常笙沉下脸。

戴维一时语噎。

这时，一群记者破门而入，立即打破了沉静。他们肤色各异，年龄不同，但每人都举着炮筒般的专业相机，一脸的激动。本杰明一眼便认出，跑在最前面的，是在小丑快餐店遇到的那个彩发女子。

本杰明从未如此完整地暴露在镁光灯下。各种各样的问题阵雨般落下：

“桑提亚戈先生，你对菡流产的事件如何看待？”

“这是不是对人权的侵犯？”

“移民局为什么执意要遣送她？”

“这件事会对中美关系有什么影响？”

“菡真犯法了吗？”

而那彩发女子的问题最尖锐：“如果菡是你的姐妹、妻子、情人，你也会这么粗暴地对待她吗？”

……

记者还没有走，中国大使馆的官员来了，接着是华人议员……本杰明陷入一个巨大旋涡，随时都可能沉没。这时，他看到人群外有一个熟悉的男人身影：平头、宽肩，是福康！男人远远地看了他一眼，立即掉头离开。本杰明竭力想摆脱众人，去追赶福康，但是激动万分的记者和官员们却把他围得更紧了。

第二天一早，本杰明接到查尔斯的电话。查尔斯令他赶回到太阳城移民局面议菡的案件，留下佩蒂监视菡。手机在短短的几分钟内，似乎就变成了炭团，烫得他手心生烟。

他急忙踏上了归途。

阳光依然明灿。得克萨斯的阳光总给人一种假象：今日和昨日没有什么不同。

本杰明惴惴不安地走进了查尔斯的办公室。查尔斯坐在一堆报纸中间，眉头皱得紧紧的，像两截被熏黑了的雪茄。他的猎枪，像失宠的情人般，被丢在了墙角。本杰明的两手立即冰凉起来。

查尔斯踢了踢脚边的一摞报纸，讥讽地嚷道："你看看，你成了名人啦！我要见你都要预约啦！"

本杰明慢慢地弯下腰，怯怯地拾起其中一张，头版上登的便是自己在圣玛丽医院被记者"围攻"的大幅照片。

"这里还有，"查尔斯把桌子上、书架上的报纸都推到本杰明面前，"英文的，西班牙语的，中文的，你现在是国际明星了！尤其这些中文报纸，整版整版地报道，谁认得这些鬼画符般的文字?!"

本杰明跌坐在查尔斯对面的椅子上，像等待陪审团朗读判决书的囚犯。

"你看网上！"查尔斯把电脑屏幕猛地拧转向本杰明，"你都上C.. 了，还有 CCTV，你知道 CCTV 吗？中国中央电视台！在得州电视台的网站上，一天就有几千人给你这个杂种留言！"

"杂种?"本杰明几乎从椅子上跳起来，他的偶像居然骂他"杂种！"

"我劝你有空读一读……"

"这些人，真是闲得慌……"本杰明嘟囔了一句。

"还有更闲的呢，网民对你进行人肉搜索，你在西镇卧底的身份也暴露了，他们还打听出来你老爸是个花花公子呢……"

查尔斯像早把机关枪上足了子弹，完全没有放弃射击本杰明的意思："你再到窗口去看看……"

本杰明立即站起身，奔到窗口前。上千中国人，还有一些白人和墨西哥人，举着大幅标语正在移民局门口示威。刚才本杰明从后门直接进入地下车库，没料到前门竟正在上演这样一出活剧。

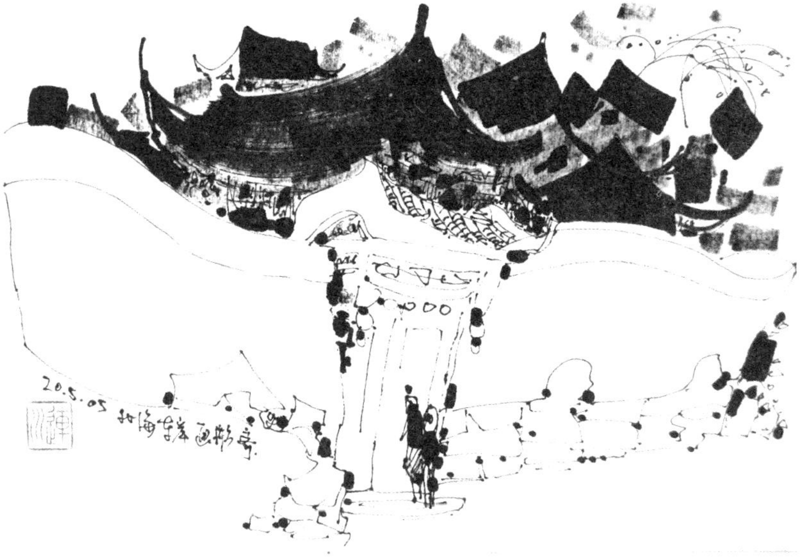
20.5.05

每幅标语，都是用英语、汉语、西班牙语三种文字写成。“还我人权!”“救救孩子!”“善待移民!”“美国也是移民的美国!”……

“华侨团体和人权组织都来了，墨西哥人也来凑热闹……”

“对不起。”本杰明低声说。

“说句对不起有什么用?你要好好反省!”

“我疏忽了一个细节。我们在小丑快餐店遇到一个中国女子，谁知道菡对她说了几句中文，就把事情闹得这么大……我没想到这小女子这么厉害……”

“你们到快餐店去干什么?”

“菡要用洗手间，我总不能让她尿到裤子里……”

“你被利用了!她利用了你的同情心!你也是有经验的警察了，怎么竟掉进了一个女人的陷阱!还是个中国女人!”

本杰明沉默了。他骨子里藏着骄傲，不肯承认自己做错什么，他只是执行职责。遣送菡，是查尔斯的决定，即使他当初设法阻挠，他能说服查尔斯吗?

查尔斯的电话刺耳地响了起来。从查尔斯对话时的语调和神态上，本杰明轻易地就判断出来电者是查尔斯的上司。查尔斯在说了一串的“YES”之后，沮丧地放下了电话。

查尔斯摆了摆手，对本杰明说:“撤销对夏菡的遣送令，把她放了吧。”

本杰明暗自松了一口气。至少，他意外得到了一个道歉的机会。他需要菡的宽恕。

查尔斯的电话又响起来了，他接起电话，神情越发严肃。本杰明预感到有大案发生。果然，查尔斯挂断电话后，说:“警察在西城购物中心附近找到一辆罐装卡车，里面藏着二十个偷渡的墨西哥人，因为车里不通气，大概只有一两个人活下来……”

“怎么会是这样？他们没求救吗？”

“他们打了911，但过了半小时才接通了一个会说西班牙语的接线员……”

本杰明摇摇头：“简直荒唐！司机抓到了吗？”

“司机逃掉了，你快去现场协助调查，给佩蒂打个电话，让她把夏菡的案子了结掉，赶回来办这个案子……”

在后来的三天里，本杰明完全投入到这桩墨西哥人偷渡案，每天睡不上两小时。直到第四天的傍晚，他才终于脱出身，赶到了圣玛丽医院。

梅丽正值班。本杰明问梅丽：“我可以去看望菡吗？”

“菡已经出院了。”

“谁接她出院的？是不是她前夫？”

梅丽摇摇头：“不是，那个家伙，DNA验证结果一出来，他发现自己不是孩子的父亲，骂骂咧咧地走了，再也没露过面。”

这么说，菡流失的是自己的孩子！本杰明想，心像被手术刀牵着，一扯一扯地痛……

“来接菡的，也是一个中国男人。”梅丽接着说，“叫什么‘康’的……”

“福康！”

“对，就是这个名字！右臂上有一条吓人的伤疤。他说有一次在洛杉矶，三个黑人在自动取款机旁抢劫他，还劈头盖脸地揍他，菡正好路过，打开了车门，让他跳了进去……”

“菡认识他吗？”

“不认识，看他是中国人，挨打，可怜……福康说，要不是菡，他那天可能就被打死了……后来，他听说菡离了婚，想自己开店，就建议她到西镇开杂货店……”

“那福康怎么知道菡在德治顿呢?”

“他在中文报纸上看到了新闻和照片……”

“福康现在住在哪儿?”

“我不知道。”

“菡说她要去哪儿了吗?”

“回中国了，福康给她买了张飞机票。”

“回中国?”他惊讶地问，“为什么?”

“我怎么知道?”

“她走的时候，状况怎么样?”

“身体是恢复了，不过那可怜的女人，心，完全碎了……”梅丽叹口气说。

菡自动离境，放弃了在美国的生活。

詹妮弗遗弃了本杰明，现在菡又遗弃了他。上帝用男人的一根肋骨创造女人，让女人陪伴男人，但本杰明有一根失败的肋骨。

一对年轻的男女亲密相伴着走过来。男子提着一个篮子，篮中的婴儿，被一块粉红的小毯子细心地包裹着，只露出一张娇嫩的小脸。本杰明用目光追随着婴儿，眼神中竟有几分父亲般的爱恋。一个新生命，把这对男女牵入人生的另一番温情天地。

而菡呢，此刻已在万里之外。

本杰明走出圣玛丽医院，发现得州的太阳这一天落得很早……

六

因“夏菡遣送案”闹得沸沸扬扬，查尔斯罢免了本杰明的职位。

“我得给公众一个交代，”查尔斯在自己的办公室里对本杰明说，接着叹口气，“你以为我的工作轻松吗?现在所有的事情都比以前复杂。”

本杰明突然意识到，墙上的两杆猎枪仅仅是摆设，是往日荣华的见证，和查尔斯本人并无关联。他不想乞求，也不想抗议。无论绞尽脑汁地做什么，都像在泰坦尼克号的甲板上把椅子排整齐，最终陷落的命运无法避免。

几个星期后，一位名叫理查的律师，找到了本杰明，代表詹妮弗和他协商离婚事宜。理查告诉本杰明，詹妮弗正在好莱坞发展，向往常被关注、常被追逐的生活。她出演的第一部电影将在年底公映。理查还拿出了一张剧照给他看。照片上的詹妮弗身穿19世纪英国流行的长裙，神情孤傲而陌生。

詹妮弗甚至不想再见自己一面，这种想法刺痛了本杰明，但他毕竟等来了一个终结。人生原本就是大小等待的链接，而此刻令他恐惧的是再无所等待。他很快在离婚协议书上签了字。

他怀着骄傲，加入了美国军队，在三个月后就被派到了伊拉克巴格达，开卡车运送药品。

巴格达是人间荒漠的中心，而在这荒漠上，人们仍然不懈地射发子弹，引爆炸弹。本杰明的精神一直处于紧张状态，但他对这种状态满意，在紧张中他赢得了淡忘，而两年的时光便在淡忘中流逝。

他几乎每天都接受死亡的亲吻，直到有一天，死亡加大了力度。他开车抵达在巴格达市中心的一个检查点，过了这个检查点，便是巴格达国际绿色区域。排在他前面的汽车突然爆炸，只见红光一闪，他便已不省人事。

本杰明失去一只手臂。离开伊拉克战场，从军队复员，回到索尼娅的身边。他并不急着去找一份工作，从十四岁开始在“汉堡王”当小时工，他已工作了二十几年，他想给自己一段喘息的时间。不是他的身体，是他的灵魂，需要喘息。他去看了原88美分店，店外停车场上荒草疯长。如果菡再来这里踱步，她的身影会被彻底遮挡。他常开一辆吉普车去荒原，随意地把车丢下，就在荒原上走来走去。待暮霭四合，他筋疲力尽时，倒总能找到吉普车，找到回家的路。

他出席过一两次复员军人的聚会。穿着军装，戴着勋章，坐到一群同样穿着军装，戴着勋章的人们中间，他沉默得像一座墓碑。他似乎不再习惯人群，尽管他和这些人都经历过战争，但他们从战争中取得的经验会相同吗？正如很多人都经历过爱情，但人们对爱情的感受会类似吗？

他的沉默在与孤独作战，彼此并没有妥协的迹象。

有一天，他回到家里，看到母亲索尼娅正坐在厨房的餐桌旁，似乎在等他。索尼娅说她终于在网络上和菡取得联系。当初她和菡商讨租用原88中餐馆时，曾和菡有过多封电子邮件往来。

“感谢上帝！”索尼娅说，“她还用从前的电子邮箱。”

索尼娅把早已打印出来的菡的邮件，递给了本杰明，然后借故离开了厨房。

本杰明开始读菡的邮件：

索尼娅：

你好！

我一直以为人是善于忘记的动物，只要执意，任何记忆都会被时光的尘土埋葬，但时光的尘土经不起风的吹打，记忆还会露出原本的面目。

你的邮件，如风。

你问我现在生活得怎么样。我知道你不是客套地问候，但让我怎么回答你的问题呢？我从得克萨斯回到了湖州老家，这座我在很多年中执意逃离的城市，而且曾经成功地逃离过。现在想来，许多的执意之举是多么的幼稚。

我没想到姐姐菁用宽容的胸怀迎接了我。她曾宣称我是她的天敌，发誓不再和我往来，但最终，血还是浓过了水。她开了一家名叫“俊才”的私立中学，在学校里为我安排了一份教英语的工作。应该说我是喜欢这份工作的，我的学生们与十几岁时的我是那么的不同。

你还好吗？身体怎么样？

本杰明呢？他还是从前的样子吗？我记得曾和他一起听亚瑟最后一次唱乡村歌曲，但愿他不像“孤独的滚石”，迷失在人生的高速公路上。

请接受来自中国的问候。

菡

2008年4月9日

文字是奇妙的东西，它把散落在记忆深处的碎片转瞬就拼接了起来，拼接出菡坐在这张餐桌旁的图像。

“那‘菡’字中的四点，是什么呢？”本杰明问过的。

“花苞，雨滴，露水，眼泪……你想象成什么就是什么。”

本杰明开始郑重其事地想象：在中国小城里的一个池塘里，一株紫荷兀自开放着……

两个月后，本杰明拿到了去中国旅游的签证。他把签证上的中国国徽反复端详了许久，红背景，天安门，五星，这在很多年里避之不及的图案，突然有些亲近了起来。

他乘飞机，从德治顿起飞，抵达北京，完全是菡当年的路线。

到了北京后，他被淹没在人山人海之中，而空气中陌生至极的语言，每分每秒都在压迫他，让他几乎失去了继续前行的勇气。他在宾馆里休息了两天后，再搭火车，终于来到了湖州。对比北京，湖州斯文秀气，石板路幽曲，从街巷中还不时传来音乐，虽然他辨不清那出自何种乐器。他不时走走停停，但脚步显然轻松了一些。

他找到了俊才私立中学。学校的门，新漆的朱红，艳得有些耀眼。在红色的中国，红是幸运和喜庆吧，他想。惴惴地把门推开了，看到了青砖青瓦的两层楼房。

他在飞机上，就求一个中国人把菡的名字写到一张纸条上，自己还认真地描了几遍。到了学校，把字条交给收发室里的老人，随后就被引到了一间教室的门口。

菡站在讲台上。他第一次看到菡穿得那么正式，黑色的西装，白衬衣，像是要去参加面试。她的神情中少了随意和落寞。他的目光跋涉过得克萨斯的荒漠，最后停留在两汪清水上，那是菡的眼睛。

一个男学生问菡："Is this American guy our new English Teacher?"(这个美国人是新来的外教吗?)

菡转过头，看到了他。

学生们安静了下来，就连几个用手机发信息的，也停下了忙碌的手指。

所有人都看清了菡眼里的泪，都听到了她手中粉笔落地的声音，那粉笔竟碎成了几乎完美的两截……

发表于《百花洲》2010年第一期

《中篇小说选刊》2010年增刊第一期转载

（注：刊物期数为大写，表示此刊物为双月刊。全书同）

重瓣女人花

引子

据多伦多城市电视台记者报道：当地时间晚上6点左右，在万锦市发生了一起严重的家庭暴力伤害案。华人女子董晨槿和婆婆于琇在家里做饭时发生冲突，用中式切菜刀砍伤婆婆，血染橱台；于琇正被送往医院救治，目前还无法断定是否面临生命危险；董晨槿的丈夫案发期间不在现场。电视上出现了一组画面：救护车在清静的小街上呼啸着离去，全副武装的警察把董晨槿押出家门，她在临上警车前，回头望了一眼红砖青瓦的三层独立屋，随即一个特写镜头定格在她的面部，她的眼神流露出愤怒、恐惧、疲惫，还有依恋……

1. 当事人晨槿

白人律师凯琳从电视上看到晨槿的新闻时，正在家中的厨房里做饭。她关掉电炉，驱车驶向万锦市警察局。城里的一些刑事律师，见到这样血腥味弥漫的案件，常会像猎狗一样扑上去，但她根本不缺客户。她相信自己捕捉到了晨槿眼中闪烁的泪光，心被泪光背后可能藏着的故事牵动了。她熟门熟路，几乎没费什么力气，就打听到大卫是晨槿案件的负责人。她早认识大卫，一位脾气温和的爱尔兰后裔。寒暄后，她直截了当地问晨槿请了律师没有，大卫摇摇头，她立即要求和晨槿谈谈。

凯琳随大卫走进审讯室。惊魂未定的晨槿立即跳起来问："我婆婆怎么样?"大卫说："我联络上医院了，她没有生命危险。"晨槿跌坐回椅子上，长舒了一口气。凯琳自我介绍："我是凯琳，愿意当你的律师。"晨槿把目光转向她。她留一头短发，浅麦色中夹些银白，两眼泛出冷静的蓝光，尖鼻子和薄唇无不理智。晨槿低声道："我伤害的是我婆婆，我丈夫不会出钱给我请律师。"凯琳沉默了片刻，说："我在法律救援协会当义工，每年接一个案件，不向当事人收费。"在几分钟前，晨槿和凯琳还是陌路人，怎么可以轻易托付自己的命运？但凯琳主动上门，至少让她躲过了申请政府律师的种种麻烦。这时大卫向晨槿递了个眼色："今天算你走运！在处理'家庭暴力'案件方面，凯琳是安大略省顶尖的律师。"晨槿心领神会，点了点头。凯琳立即进入角色。她发现晨槿脖子上被掐的血印，要求法医做检查。大卫同意了。

三天后凯琳陪晨槿过庭，受害人于琇和家属陈淼并未出场。晨槿被警方控诉一项企图谋杀罪、一项严重伤害罪，还有一项持械伤人罪，如果所有罪名成立，最高可被判处十年徒刑。晨槿听了，眼前一黑，几乎晕过去。凯琳伸出手臂轻轻揽住她的腰际，防止她跌倒。法官因她在加拿大除受害者外，无其他亲属，有可能逃庭，拒绝了她的保释请求。

晨槿被押回到拘留所，一头栽倒在床铺上，再没有力气爬起来。她似乎经历了一场跨国界的马拉松长跑，抵达的终点是昏暗的牢狱。接连几晚，她做了同样的梦：婆婆躺在地板上，全身涂满了血，奄奄一息。突然，婆婆挺起身板，两手撑地，站了起来，倔强地抹了一把脸上的血，露出黑洞洞的双眼，冷静地从牙缝间挤出两个字："滚开！"

凯琳工作日程紧张，但她挤出时间去探视晨槿，甚至在午餐期间带个三明治，一边吃一边交谈。晨槿最初不断地流泪、悔过。没有于琇，就没有淼，而淼是她深爱的丈夫。她向凯琳解释，中国有句成语"爱屋及乌"，意思是爱一个人，连带他家屋顶上的乌鸦都一起爱。凯琳不能苟同她的逻辑。如果乌鸦闯进屋内，啄瞎你的双眼，你也要无条件地爱它吗？晨槿并不理会凯琳的反驳。她砍伤了于琇，同时砍伤的是她和淼的爱情。她承认自己有罪，心甘情愿地要在监狱里赎罪，但她过于天真了。她在没有自由和隐私的狭小空间里，与形形色色的凶蛮罪犯朝夕相处，没过几天，精神就垮了下来。她像在转瞬间被巫婆施了魔法，眼神失光，颧骨塌陷，脸颊上的红晕尽消。凯琳不再直接讨论案件，只闲聊过去的生活。她把声调放得平缓，小心翼翼不给晨槿造成压迫感。晨槿的英语不算流畅，在交谈中经常陷于艰涩，凯琳就从不同的角度追问一些细节，直到完全理解。

晨槿读高一那年，由于父母工作调动，转入了津州一中读书，立即引起了同年级的淼的注意。晨槿的脸并不娇媚，但五官周正。她个子比其他女生高一头，身体还没完全发育，常穿一件英伦小方格衬衣，敞着衣襟，露出里面的纯白小背心，走起路来有点像T形台上的模特。她不太合群，也不像其他女生那么擅长甜言蜜语。淼不论学业还是相貌都在班上名列前茅，身后跟着半打追求者，不无自信。他为了解和接近晨槿，几乎费尽了一个少年的所有心机。一天要从晨槿的教室窗下走过几回，只是为了看看坐在最后一排的她。好在教室在一楼，不必冒险攀墙走壁。他听说同班的玢是晨槿的堂姐，就开始讨好玢。玢身为班花，生得粉面桃花，娇小玲珑，居然没有得到淼的青睐，心中有些愤愤，不过没几天就心平气和了。一则她认为淼的家境太普通，不能改变她的生活境遇；二则她确实被淼的真情感动。两个月后，淼终于鼓足勇气，搜肠刮肚，写了平生第一封幼稚而真诚的情书，托玢转交，使得玢扮演了一位高尚红娘的角色。

晨槿没有立即接受淼的求爱，但也没有拒绝。她和他开始了一些交往，比如一起逛公园、看电影。两人几乎每天都背着家人给对方打电话，分享喜悦，或分担忧愁。那时的忧愁是微小的，几乎都和学习压力有关，但两人都不是“笨鸟”，不必整天惦记着“先飞”。晨槿的父亲是高级工程师，母亲是大专老师，家中的生活谈不上奢华，但也不会捉襟见肘。她作为独生女，深受宠爱。每年在她过生日那天，父母都和她拍一张合影，记录她的成长轨迹。淼的父母早年离异，母亲于琇把全部心血都投注在他这个独子身上。于琇在一家大型企业当会计，兢兢业业，收入稳定，也从未让他为吃穿发愁过。

期末考试结束，淼请她去情人甜点店庆祝。店堂中间有一棵树，居然是真的，枝叶青翠。纯木的桌椅朴拙，但温馨。两人沿着松木楼梯，来到空荡的木板阁楼上，并排坐在一张小咖啡桌旁。淼把松软一些的坐垫体贴地让给她。他们透过玻璃窗，看到对面的青色屋顶，还有街角的一棵丁香树。多年之后，丁香的芳馨还在她的梦中萦绕不散。淼叫了一款名字意味深长的甜点：媳妇蛋糕。店员把蛋糕送上来后，就离开了。蛋糕的味道接近布丁，不腻也不寡淡。吃完后，淼吻了晨槿，在她的唇边永远留下媳妇蛋糕的甜蜜味道。从此他们之间的恋爱，正式拉开帷幕。晨槿简直给淼灌了一杯魔水，使他酣然入睡，醒来后，别的女孩子在他眼里似乎都变成了驴子。

淼的母亲对淼一向管教严格，不但不许恋爱，即使和同学出外看场电影，都要得到她的批准，他只好和晨槿秘密交往。高二那年暑假，他和母亲去黄山旅游，在山顶的树丛中惊喜地发现了一块奇石。石头颜色赭红，表面有些粗糙，形状如心。千年前它或方或圆，但被风霜雪雨雕琢成一颗心，这颗心一旦脱离大自然，在几十年内不应改变，只会更圆润。淼把心石藏进双肩包的夹层里，免得被母亲发现。一路上背包似乎慢慢变重。他回到家后，立即买了把刻刀，花了整整两个星期的时间，在心石上刻下“我爱你晨槿！淼”的字样，在晨槿十八岁生日那天，送给了她。晨槿不愿让父母看到，把心石藏在自己的书柜里，有时抱着它入睡，用体温焐暖它。

高中毕业，晨槿和淼没考进同一所大学，而是一个天南，一个地北，年纪轻轻就品尝了两地相思的滋味。淼的母亲于琇再婚了，嫁给了一位私营企业的经理，把生活的重心转移到了丈夫身上，默许了淼和晨槿的恋爱。中学时代的恋情延续到大学时代是少有的，淼和晨槿不但延续了，还因分离愈加热烈。一到放假时，他们就迫不及待地相聚，有时在津州，有时在其他城市。晨槿从小喜欢摄影，淼就陪她天南海北自助游，拍风光图片。两人坐最便宜的火车，常躺火车站的长椅上，头靠头过夜。早晨醒来，用冷水洗把脸，立即又精神抖擞，有说有笑。他们去过中国几十个特色城市和小镇，留下了许多自拍合影，时而伸手做“V”字状，时而吐舌扮怪，更多的时候，面含微笑缱绻相依，像一对老夫老妻。

两人大学毕业时，因为无法在同一座城市找到工作，就相约回到了津州。晨槿学的是工商管理，在外企 W 集团谋到了一个职位。

淼学建筑设计，顺理成章地进入建筑设计院。水到渠成，他们步入了婚姻的殿堂，得到了双方家长和亲友们的祝福。他们刚刚开始工作，没什么积蓄，何况房价一路飙升，靠工资买不起房子。淼的母亲卖了自家的房子，晨槿的父母也捐出积蓄，合买了一套三居室，把其中最大的一间给他们做新房。晨槿和淼的继父、母亲住在一起，虽有诸多的不自由，但不必像许多同龄人那样为支付房租发愁。在双方家长之间，几乎没产生过亲家们常有的摩擦。淼知冷知热，晨槿通情达理，两人的婚姻被众多朋友羡慕。

一切几乎太完美。

时光倏忽而过。晨槿和淼的同龄朋友们都有了小孩，忙得颠三倒四，很少和他们见面。即使见了面，分享的几乎全是抚养孩子的经验。晨槿和淼不愿明确承认，但不约而同地感觉到了空虚。生活中仅有彼此还不够。这种感觉像天降一枚炸弹，在两人之间砸出一个硕大的黑洞。他们开始向往一个娇嫩的新生儿。半年，一年，一年半，两年……晨槿的腹部不但没有隆起，还因忧虑而消瘦，似乎比结婚前更平了。周围人都盯着她的肚子，仿佛里面藏着什么惊人的秘密，同时又为没有任何秘密而失望。婆婆频繁地用言语敲打晨槿，似乎她的不孕是意识形态的，不停地提醒能帮她洗脑。她每天早晨起床，最怕见到婆婆。婆婆的两眼探照灯般在她的身上扫来扫去，捕捉细微的变化。有一次婆婆问晚饭想吃什么，她不假思索地回答酸菜馅水饺，婆婆眼中立即爆出希望的火花。她这才意识到孕妇喜酸，不愿误导，吞吞吐吐地解释自己从小爱吃酸菜。火花熄灭了，晚饭不是酸菜馅水饺。

晨槿和淼开始求医。医生诊断晨槿因黄体功能不全导致不孕，给她开了一大堆药。她按时按点地把它们一片片吞下去。她和淼有计划地造人，严格计算排卵期，甚至在日历上标注他们的密码“TF

(同房)”。渐渐地，他们似乎从血肉之躯变成了两架机器，准时准点地转动，让彼此的齿轮精确地咬合，但一直不见“产品”的踪影。她坐立不安，去了一家新医院。医生说，通液吧。她就通液，痛得死去活来；医生接着怀疑她得的是子宫内膜异位症，建议做造影，她立即答应；医生估计她的输卵管还行，但输卵管绒毛缺乏动力，促进不了卵泡的移动，叫她买中药。她买了一堆中药抱回家，在一番煎煮之后，一一虔诚地服下。医生们的说法不一，得不出什么实质性的诊断结果，只挥舞繁杂医学名词的大棒，害她头痛。

她一次次去其他城市求医，经常请假离职，收入减少了大半，不得不把淼的工资也搭进去。她省吃俭用，搭乘拥挤不堪的廉价火车，忍受腰酸背痛；住进便宜肮脏的小旅馆，长夜难眠。淼要上班不能陪她，治疗不孕症，就成了她一个人的战争。她似乎抗击的是身体中一个无形魔鬼，抗击得越激烈，对自己的损害就越严重。医生成了生活的主宰。她做梦时眼前晃动的总是白大褂的影子，或肥胖或纤瘦，但一律面孔模糊。她一天比一天疲惫，一点点地放弃鉴别的能力，只机械地听从命令，渐渐地陷入痴迷状态，见到婴儿就无缘无故地落泪。她早做好了当母亲的精神准备，内心的母爱春日的河水般涨满河床，但两岸没有芳草地等待她的滋润。在她的想象中，她生下了一个女儿，甚至还起好了名字，叫“娇娇”。她会给女儿穿上粉红的长裙，把她打扮得像一位公主；如果她生下一个儿子，也会欢天喜地，但她不会溺爱他，而要把他培养成一个顶天立地的男子汉。她建议过领养，但立即遭到婆婆的反对。婆婆对非自家的骨血无法产生亲近感情。她烧香拜神，从江南到江北，拜过了一打送子观音，磕头下跪，前额撞破，双膝渗血，虔诚得感天动地。她总是满怀希望而去，满心失望而归。上千个日子过去了，她像一朵过早凋谢的花，憔悴，零落，似乎衰老了十岁。

她对正规医院失去信心，开始四处寻找偏方。她变得轻信，随便一个江湖骗子都可以让她掏空钱包。有一天，她吃了一服偏方后，上吐下泻，陷入虚脱状态。当时她一个人在家，挣扎着下床到客厅里找电话，却在昏沉中误出家门，脚步踏空，从楼梯上摔下去，失去了知觉。邻居叫救护车把她送进了医院。她被确诊为药物中毒，幸好抢救及时，捡回了一条命。她醒来后，听到春雨敲打玻璃窗音乐般的声音，流下了两行清泪。在那一刻，她从重重的精神迷雾中挣脱出来，看清了自己活得不健康、不快乐、人不像人鬼不像鬼的事实，决定放弃当母亲的尝试。

她出院后回到公司上班，同事们带着怜悯之情问候她。在这种时候，怜悯几乎令人可憎。办公室里最经典的节目之一是畅谈爱子爱女，可每当她一出现，同事们就“体贴”地打住了话头。她原本也是一朵盛时的花，因为没有结果，被划入野草的行列。她想到了逃避，离开婆婆、同事、所有的熟人，离开津州，甚至中国，该多轻松啊，从此在她的心目中，“移民”变成了大写的、充满诱惑的两个字。

移民似乎比治疗不孕症容易得多。她在 W 集团公司的网站上，看到了多伦多分公司招聘华人客户经理的启事，就发了简历，请求内部调动。正巧多伦多分公司的人事经理到中国出差，顺便面试了她。一个月后，她接到内部调转的通知。半年后，她收到工作签证，和淼一起登陆了多伦多。淼最初抱着出去看看的想法，但很快喜欢上了这座城市，决定留下来。那段日子是快乐的，而快乐的日子似乎一直搭乘高铁，奔驰得飞快。淼在求职时费了一些周折。加拿大建筑设计行业竞争激烈，许多本国出生的设计师只能找到半日工。淼没有加国工作经验，英语也不甚流利，得不到机会的青睐。他考虑到移民数量每年剧增，购房需求大，决定投身房地产代理业。他上了个培训班，读了一大堆资料，顺利地拿下了执照。晨槿的收入不菲，在支付两人的生活费和淼的学费后，还存够了买房的首付款。他们在大多伦多地区的万锦市买下一幢房子，过上了稳定的生活。因为忙碌，暂时忘记了不孕的烦恼。他们夏天去森林里露营，冬天到山峰上滑雪，只享受二人世界。

淼的继父得了肝癌。于琇为给他治病，卖掉了家里的房子。继父抗争了半年，不幸去世了。每次淼给母亲打电话，她都诉说丧夫悲痛，还受心脏病的折磨，思念儿子，常常泣不成声。淼心疼母亲，就和晨槿商量，接母亲来加拿大探亲。晨槿可怜婆婆孤单一人，答应了。婆婆刚来时，对晨槿的态度是平和的，毕竟靠晨槿的申请，她才有机会探望儿子。过了不久，她又老话重提，一次次表达要孙子的愿望。按她的推理，加拿大医疗水平高，总有几位治疗不孕症的专家吧，晨槿得努力一下。在新的国家里，要有一个新开始。晨槿只好又开始求医。她从几家医院得到的诊断结果是一致的：今生无法受孕。婆婆的希望再次落空，家里的空气如坠严冬。晨槿加入了“脸谱网”（Facebook）上的一个“不孕者”网站，那里聚集了来自世界各地的不孕者。她几乎每天下班后，都上网浏览，偶尔发布信息和发表简短评论。在地球上的每个角落都有一群女人，因为不孕承受痛苦和折磨。多年来，人们抗议各种歧视，源于肤色的、性别的、宗教的等等，而忽视对不孕者的歧视。网络上的声音还微弱，但给她带来精神安慰。

不久，淼在带客人去看房子时，出了一桩车祸。因为脑震荡，需住院治疗。医院只允许一人陪夜，晨槿只好把婆婆送回家，答应转天下午提前离开公司，开车接她来看望淼。第二天，晨槿出席公司里的一个重要会议，需向美国总部的老板汇报工作。没料到会议时间延长，她的汇报被拖到最后。她如坐针毡，担心婆婆会等得不耐烦。会议终于结束了，她火速赶到家，但已过了医院的探视时间。婆婆穿戴整齐地坐在起居室里，脸色十分难看："你根本不把淼放在心上！他出了车祸，是因为心绪烦乱，是因为娶了你这么一个不下蛋的母鸡！"总之，所有的错，都是晨槿的错。晨槿开始替自己辩护，还没说几句，婆婆就身子一歪，跌倒在地上。心脏病又犯了。晨槿把她扶到沙发上，端水拿药，不停地道歉，总算使她安定了下来。在那段时间里，婆婆大病小病不断。她不懂英语，又不会开车。晨槿只好一再请假，既要照顾淼，又要陪婆婆上医院，耽误了几项重要工作。正赶上 W 集团裁员，她首当其冲被炒了鱿鱼。

淼做房地产代理也不太顺利。从前的同事给他介绍了一位客户吴局。吴局财大气粗，从国内来多伦多购置房产。淼带他看了二十几幢豪宅，都被他否决。吴局提出去温哥华，淼只好陪行。淼在安省申请的房地产代理执照，不可以在其他省份经手房屋买卖，而温哥华属于卑诗省。他联络了温哥华的一位中国房地产代理人，对方答应合作。如果他们能帮吴局买下一幢两百万加元左右的豪宅，淼会得到一笔大约两万加元的介绍费。家里的房贷要付，大大小小的账单要付，淼急需做成这笔生意。

淼去温哥华两个星期后，晨槿接到了他的电话。当时她和婆婆正在厨房里做晚饭，就按了扬声器键，使两人都可以听到。淼报告了一个令人气愤的消息：吴局在温哥华另找了一位女代理人，并通过对方买下豪宅。女代理人头脑灵活，协助购房，还替吴局介绍性感火辣的小姐。淼的希望完全落空了，没赚到代理费，还赔了差旅费。挂断电话后，婆婆长吁短叹："淼的命不好，遇人不淑。他在国内的工作不错，全因为你，才移民了加拿大，落得这般下场！"晨槿因为四处找工作没有任何结果，原本心情糟糕，听婆婆这么一说，忍不住反驳："淼喜欢住在加拿大，还感激我帮他办了移民呢。”婆婆不屑地说：“淼心眼好，说这话不过是安慰你。你生不出孩子，在国内没脸待下去了！你是个丧门星，到了加拿大还惹祸！”晨槿怒火中烧：“我又没做见不得人的事！别忘了，这房子是我花钱买的，我是丧门星，你搬出去好了！”婆婆跳了起来：“你居然赶我走?!”婆婆突然抄起不锈钢茶壶向她的头上砸过来。她伸手阻挡，夺下了茶壶。婆婆像一只见到猎物的饥饿母狼，从正面把她扑倒在橱柜台上，又抓住她的头发，把她的头往大理石台面上猛磕。她痛得叫起来，大喊“救命”，却被婆婆掐住了脖子。她透不过气来，拼力挣扎，没想到婆婆有那么大的力气，死不放手。这时她摸到了身边菜板上的菜刀，就抓起来，朝婆婆的手臂砍过去。伴随一声惨叫，婆婆松开了双手。她终于喘出了一口气。

“救命啊！”婆婆惊天动地地喊起来。晨槿看到了婆婆手臂上的血，吓得几乎哭起来，慌忙扑过去，扯下橱柜旁的擦手巾要给她包扎。不料婆婆一把推开她，抓起柜台上的电话，拨通了911，要求中文接线员接听，对着话筒撕心裂肺地喊道：“我儿媳要杀我！”对方立即要她报出英文的家庭地址，她不会讲英文，就把电话递给晨槿，声调出奇地冷静，“你告诉她家里的地址！”晨槿听从了她的指令。

十五分钟后，警察们赶到了，立即封锁现场，随后电视台的记者们也闻风而至。

晨槿被关进拘留所后，得到警察的允许给淼打电话，但淼拒绝接听；她希望见到他，向他解释事情原委，但他似乎消失在自由的世界里；她给他写长信，字字真诚，回顾了两人共度的美好时光，她还说：“我多渴望能为你和妈生一个活泼、可爱的小孩，可是我的祈求和努力都没有得到回应。”她的眼泪落到信纸上，和钢笔字迹混在一起，洇出一朵朵伤心的墨莲。一星期，两星期……一个月过去了，她没有收到淼的任何回音。淼的回避简直是否定两人十几年的感情，先给她判了精神上的重刑。

凯琳在即将结束对晨槿的第十次访问时，合上了笔记本，幽幽地说了一句："从你发现自己不能怀孕那天起，你的婆婆就开始虐待你了，至今已有六年。"晨槿震惊地看着凯琳，仿佛她肩上长着两颗脑袋，她说："不，婆婆没有虐待过我。她一直'评判'和'鞭策'我，都是因为抱孙心切，是出于血缘之爱。"凯琳摇摇头："你婆婆一直理由充足地伤害你。她根本不在乎你，她在乎的是一个能为陈家生儿育女的机器，机器一旦无法正常工作，她就要抛弃它。最可怕的是，她借你的手毁掉了你！"晨槿激动地站起来："你太冷酷了！我不想再谈了。"说罢，起身离开了探视室。

晨槿一夜无眠。凯琳没生过小孩，可能不太理解婆婆的心情。淼是独子，婆婆渴望延续家庭血脉，出发点是善意的，也许她的言谈行为有些出格，但转念一想，凯琳的观点也不无道理。她和婆婆同时扮演了两个角色：犯罪人和受害者。这个想法减轻了她的负罪感。她仿佛在一场大地震中，被压到了石板下，从废墟中寻到一个缝隙，呼吸到一丝新鲜空气，因此有了被解救的机会。

2. 重瓣花俱乐部

凯琳暗自承认在接手晨槿的案件时，有些一时冲动。她在近三十年的律师职业生涯中，结识过一些因生育问题饱受歧视、处境悲惨的女性。多伦多是移民城市，来自世界各国的女性在这里落地生根，但母国文化不像身上的刺青，可以被去除，或者被轻易地改变形状。晨槿讲述的那些发生在中国的事情，听起来那么陌生遥远，甚至不可思议。在下一次的会见中，晨槿为自己的举止言行道歉，眼中闪烁一线希望之光，这增强了凯琳的信心。

凯琳不懂中文，面临的一大困难是语言。她急需找到一个中英文熟练的翻译，并通过翻译寻找证人，取得能被法庭认可的证据。此人不能和当事人有任何牵连，立场中立。她四处打听，终于通过她的养女玛莎，找到了一个合适的人选：穀梁泉。玛莎是凯琳的丈夫迈克尔和他的前妻所生的女儿。玛莎和丈夫鲁迪合开一家摄影公司，叫柠檬树。泉刚从安省一所大学的工商管理学院毕业，找不到专业对口工作，因擅长用电脑软件处理图片，受雇在柠檬树当技工。泉出生于英语教师家庭，在中国从小学英语，还持有专业翻译证书。凯琳向泉讲了晨槿的案情，问他是否愿意当义务翻译，因为晨槿付不起翻译费。泉爽快地答应了。

晨槿在拘留所的会客室第一次见到了泉。泉比大多数中国男子要高一头，五官协调，举止轻松。新剪的寸头，让人联想到高尔夫球场整齐的草坪。他身穿蓝白小方格衬衣，米色卡其裤，养眼清新。他居然给她带来了几本中文小说，以打发难熬的监禁时光，临离开时，还轻轻拍了拍她的肩膀，低声许诺："我会尽力帮你的，你放心！"他根据她提供的信息，联系上了她在中国的父母、亲友，对他们一一进行电话访谈，并征得他们的同意，做了录音。他还说服了晨槿在万锦市的邻居，一对台湾夫妇做证人。

终于到了上庭的日子。晨槿刚一被押进法庭，立即感觉到了淼的存在。十几年的朝夕相处，她的每一根神经都经过岁月的培训，无论在何时何地都能准确地探测到他，她的目光比神经迟到一步。不料，淼立即躲开了她的目光。他坐在他的母亲身边，像一尊没有任何思想和感情的石像。古老的故事在他的身上重演。母亲和媳妇同时落水，他该救哪一个？

凯琳向法官递交了法医对晨槿的身体鉴定，鉴定的结果表明晨槿在案发时，被于琇掐住脖子，出于自卫才用刀砍伤于琇。她还借助泉的翻译，出具了大量电话录音和书面的证据，证明于琇在过去的六年中，在各种场合，因晨槿不孕而对她进行言语攻击，对她造成严重的精神伤害，还曾间接地把她逼上药物中毒的绝路。

陪审团在经过三场庭审后，对晨槿的案件达成了一致意见。晨槿在等待宣判时，像患了风寒，全身发抖，忽冷忽热，而淼一直顽强地回避她的目光。她被宣判有罪！法官在量刑时，酌情考虑，判处一年徒刑、两年社区服务，并要求她不在距离于琇一百米的范围内出现。凯琳和晨槿听到判刑比预料的要轻，激动得紧紧拥抱在一起。于琇当庭大喊着要上诉，在淼不停地劝阻下，才安静下来。

晨槿从拘留所被转到了米尔顿监狱。她又给于琇和淼写信，仍叫于琇“妈”，叫淼“亲爱的”，希望求得他们的谅解。不久，淼的律师把一纸离婚书通过凯琳送到了她的手上，彻底取消了她的儿媳和妻子资格，她才放弃了联络。对比有儿女的夫妇，离婚过程当然简单得多，需要处理的只有房产问题。晨槿付了房子首期款，并一直供贷，她有权分得一半，但于琇要求房产全部归陈家，还威胁如果晨槿不同意，她要在晨槿刑满释放后提出民事诉讼，提一个天文数字，要求精神补偿，让晨槿一辈子也还不清。凯琳见过形形色色的起诉人，对于琇的威胁既不惊讶，也不畏惧。晨槿知道于琇不会轻易放过自己，说：“我反正欠陈家的情，如果把房子给他们，从此两清，倒轻松。”凯琳不甘心让晨槿把血汗财产拱手相让，但不愿反复质疑。在法律的标签和现实的表面之间，永远有一层人情的糨糊。就这样，房产归了淼。

父亲为看望晨槿，申请了来加拿大旅游的签证。他抵达多伦多后，立即赶到米尔顿监狱。晨槿坐在窄窄的会客室里，不敢正视父亲，只低头流泪。父亲叫了几声，她才肯抬起头来。看到父亲头发脱掉了一半，两眼深陷，她的泪落得更急了。父亲掏出一块灰手帕递给她。手帕是湿润的。父亲在走进会客室前，一定哭过了。她的同龄女人们，正在温暖的家里相夫教子，而她孑然一身，还完全丧失了自由！他的忧伤像一块巨石，把两个人的精神都压倒了。如果他责怪她，至少会把巨石掀起一条缝，让她喘息，但他没有这样做，担心责怪会使她的心境雪上加霜。父亲出了门，晨槿立即扑到玻璃窗前，捕捉他的背影。父亲一步三回头。

圣诞节前，凯琳到监狱里看望晨槿，送给她一张圣诞卡，还有一本书：纽芬兰野花图片集，还特地在重瓣花的页码间插了书签。她解释道："一般的花朵，花瓣环绕着花托生一圈，是单瓣花；有些花朵的花瓣叠生多层，叫'重瓣花'，如玫瑰、茶花、朱槿、康乃馨等。重瓣花因为雄蕊数减少导致不孕，常需借助人工繁殖或无性繁殖。'重瓣花'，简直是不孕女人的别名。不孕女人，也有绽放的权利。"晨槿问："多伦多有这么多不孕女人，你为什么偏偏帮我？"凯琳难得地露出微笑："我在电视上看到了你的复杂眼神，我发誓绝不错过你。缘分，不只会发生在男女之间，也会发生在女人和女人之间。"

晨槿在被假释后，住进"中途站"，从监狱过渡到社会的中转站。她在中途站住满半年后获准搬离，但早已无家可归，只好租一间公寓，开始了独居生活。届时远在中国的母亲才告诉她，父亲回国后不到三个月，刚过五十八岁的生日，就因忧病交加，去世了。这个消息卷来一片巨大的阴云，遮盖了自由喜悦的天空。她整日昏昏沉沉的，连起床洗澡吃饭的力气都没有。过了大约一个月，凯琳因为打电话联系不上她，就来到她的公寓，和她彻夜长谈。凯琳被她的经历所触动，决定在多伦多办一个不营利组织，为不孕不育女性争取社会尊重，定名为"重瓣花俱乐部"。

凯琳在自己家召开重瓣花俱乐部的第一次董事会，到场的有素面朝天的晨槿、丰腴的纳塔莉娅、金发的玛莎，还有另外五位知识女性。三个女人一台戏，九个文化背景不同的女人，简直是一部电视连续剧。她们彼此年龄有差距，但共同之处是从未生儿育女。讨论从一开始，就进入了大家最感兴趣的问题：无孩夫妻的生活是否不完整？多年来，在世人眼中，无孩夫妻是残缺的、缺乏能力的，而有孩夫妻得到社会更多的信任。尽管如此，“丁克一族”的数目却逐日增多。根据美国皮尤研究中心数据显示，美国选择不要孩子的各种族女性人数大幅上升，每五名告别育龄期的女性中就有一人没有孩子，而在20世纪70年代，同一比率为10∶1。按有孩夫妻的说法，生一个小孩，就如驾车上了一条没有出口的高速公路，有时会觉得恐怖，因为可能在驾车时入睡，导致人车翻下山谷，不是每一个人能承担这样的压力，但这样的人生体验不可错过。

凯琳提出了第二个问题——未生育的女人是不是一定自私？玛莎不赞成这种说法。不生育，并不代表没有爱心，血未必浓于水。儿女虐待父母，亲兄弟、亲姐妹自相残杀的悲剧每天都在上演。爱比血缘更重要。玛莎的生母患有精神疾病，在离婚时，放弃了玛莎的抚养权。她搬到了魁北克，在精神疾病得到治疗和控制后，很快再婚生子，很少关心玛莎。凯琳走进了迈克尔和玛莎的生活，把玛莎抚养成人。玛莎和鲁迪结婚后努力“造人”，但在几年内一直没有结果。他们相信自己会像凯琳一样，无条件地爱孩子，不管有没有血缘关系，于是收养了一位匿名的高中生产下的男孩贾斯丁，视他如己出。

大家关心的，也是最经常听到的问题，谁为无孩夫妻养老？纳塔莉娅三十几岁年纪，俄国后裔，人高肩阔，看其他女人总不由自主地俯视。她在妇女学院的附属医院当医生，接生过几百婴儿，但没有自己创造婴儿的计划。童年时，她和哥哥随父母从俄罗斯移民加拿大。父亲是个酒鬼，赚点钱都送进了酒庄。母亲靠在建筑材料商店打工，一手养大她和哥哥，过着没有任何享乐的生活。她怕重蹈母亲的覆辙，在结婚后，选择了不生育。最初丈夫因为爱她，含糊答应，以为她会改变主意。几年后，丈夫发现她迷途不返，提出离婚。她在离婚后约会过至少一打男人，带给他们激情和快乐，但再没有一个男人牵她一起入梦。她说："等我老了，也许我和我未来的丈夫互相照顾，也许养老院里性感的男护士会照顾我，也许我在五十岁时就死掉了……看看我们周围那些老人，有几个得到儿女的照顾呢?"总之，不孕不育的女人不需同情，也不愿被指责，只想过安静的生活。重瓣花与单瓣花一样，享受阳光和雨水。重瓣花拥有别样的美丽，展现的是另一种绽放。

迈克尔回家了，把头探进起居室，向大家问好。凯琳说："我们吸收男性会员，希望你也加入。"他连忙摇头，但脸上挂着礼貌的微笑："太严肃了，我还是找点别的兴趣吧。"女人们不约而同地长叹一声，表示夸张的遗憾。她们半认真半戏谑，说男人们真不可救药，可我们还是爱他们。

玛莎从凯琳和泉那里，早已了解晨槿坐监的事情。在聚会中，听晨槿说她喜欢摄影，就请她拿几幅人像作品看看。晨槿照办了。没想到立即得到了玛莎和鲁迪的欣赏，甚至受雇到他们柠檬树摄影公司当半日工。不久，公司生意出现上升趋势，晨槿开始做全天工，甚至在周末加班加点……她有了稳定的经济收入，减轻了精神忧虑。白天工作，晚上遵守法官的裁决，在救助流浪汉的非营利组织"粥棚"里当义工，负责打扫餐厅和分餐。生活像一只被打碎了的瓷花瓶，她拿出平生最大的勇气和耐心，一点点地拼接碎片，花瓶开始变得有模有样。

一个星期五的傍晚，她下班后戴上头盔，骑上单车，在市中心的大街小巷穿行。城市里的人口和车辆一年比一年多起来，公车上常常拥挤不堪，开车更会因堵车烦恼。她加入了单车一族，骑单车在树荫下穿行，掌控交通进程，心情竟会舒畅。她把单车放在粥棚门口，锁好，就听见背后一连串的问候声，不用转头，就知道那几位常客在向她表达热情。粥棚的客人形形色色，有些人陷入生活的极端窘迫状态，而有些人出身富裕家庭，以“啃老”为耻，或不愿接受父母的约束，选择乐观的流浪。粥棚里来了一位新员工——华人女子圆圆。她长相甜美，身体圆润，手脚麻利，立即成为流浪汉们关注的焦点。他们设法引起她的注意，扮各种各样的鬼脸，还不停地到餐台前找她要饮料，喝足了就去洗手间放掉。晨槿和她用汉语相互问候几句，就熟稔了起来。语言是种奇妙的东西，尤其在异国，能使原本天南海北的两个人迅速地接近。圆圆的英语磕磕绊绊，晨槿因为在监狱里被迫天天讲英语，口语变得流利，自然担当起翻译角色。

晨槿下班时匆忙间忘了带相机的充电器，因为转天要出城拍婚礼，就求玛莎在回家时顺路把充电器带到粥棚。玛莎到来后，和晨槿又拥抱，又热聊，引起了圆圆的注意。玛莎离开后，圆圆说：“晨槿，你有这么好的白人朋友可以学英语，我真羡慕你。”她来加拿大五六年了，英语对于她，还像外星球的交流工具。晨槿想，如果介绍圆圆认识重瓣花俱乐部里的朋友，她的英语会有明显进步，就问她对女人不孕不育问题如何看待。圆圆说：“有人要当无孩贵族，有人一口气生三四个，大家关起门过自己的日子，开心就好了。那些天生不孕的，也不能怪她们，每个人的运气不一样。”

在下一次的俱乐部聚会中，晨槿建议凯琳吸收圆圆加入。圆圆和晨槿虽然来自同一国家，但背景和生活经历不同。圆圆没有因不孕付出过惨痛代价，也许她更能代表普通中国女人的看法。凯琳欣然同意。

圆圆第一次随晨槿来到凯琳家，局促不安。因为英文不流畅，做自我介绍时脸涨得通红。众人耐心地听，并一直用鼓励的眼神望着她。渐渐地，她放松了精神，举止也自如了。聚会快结束时，迈克尔打完高尔夫球回来，见到圆圆，眼睛一亮，立即说“欢迎你加入俱乐部”一类的话。晨槿有些诧异，迈克尔怎么突然代表俱乐部说话了？她暗笑，他的“欢迎”是男人对漂亮女子的常有态度吧。过了一个星期，迈克尔欣欣然地加入了俱乐部。

凯琳担心总坐在起居室里讨论工作不免枯燥，就在初春时安排大家吃烧烤。迈克尔迸发出少有的热情。他早早起床，在花园里搭起遮阳伞，给野餐的木桌铺上台布，还把鲜花摆在餐桌中央。待大家到场了，他又尽显东道主的热情和男士风度，主动担当烧烤重任。圆圆给他打下手，在他满头流汗时，乖巧地递上纸巾和冰水。鲁迪也来了，一直陪伴在玛莎和贾斯丁身边。

当大家围坐在长桌旁，即将开始碰杯时，玛莎说：“我要宣布一条新闻！”她在热闹的场合一向少言寡语，这一次抢先发言让大家不免有些惊讶。她说：“我怀孕了！”说罢，喜极而泣。花园里出现一刻静寂，能听到一只蜜蜂在花朵间盘旋的嗡嗡叫声。众人突然醒悟过来，兴奋地叫嚷：“祝贺你！”鲁迪声音哽咽：“奇迹在我们身上发生了！”玛莎和鲁迪被医生诊断无法怀孕，放弃了尝试，当然无须采取任何避孕措施，做爱时精神放松，竟有了意外结果。凯琳最先跳起来，走近玛莎，把她搂进怀里。迈克尔也扑过去，和她们搂作了一团。贾斯丁抱着玛莎的双腿，对眼前发生的一切似懂非懂。晨槿抑制不住眼泪的迸溅，慌忙伸出手指，把它们轻轻抹去。

12 月初，晨槿接到鲁迪群发的短信，说玛莎的羊水已破，随时可能产下婴儿。晨槿立即赶到了妇女学院附属医院。凯琳、迈克尔牵着贾斯丁早已等在产室门外了。空气中飘浮着隐隐的兴奋和不安。终于，玛莎躺在移动病床上，拥着新生儿，被纳塔莉娅从产室里推出来。玛莎在经过十多个小时的生产后，面色憔悴，像一朵被抽干了水分的花，可安睡在她臂弯里的婴儿，却如沐浴雨露初绽的花蕾。鲁迪跟在纳塔莉娅身后，脸上挂着幸福骄傲的父亲才有的微笑。纳塔莉娅激动地叫道："这是我接生的最美丽的女孩!"玛莎说："我们给她起好了名字，叫 Violet（紫罗兰）。"小紫罗兰醒过来了，慢慢地睁开蓝眼睛。"哦，简直是天使到人间!"众人轻声赞叹。凯琳轻轻抱起小紫罗兰，亲吻她娇嫩的脸蛋，随后把她递给迈克尔。迈克尔在亲吻之后，竟把她递给晨槿。晨槿惊讶地怔住了。她有权利抱这个美丽脆弱的小生命吗？她看看自己那双因行凶嫌疑戴过手铐的手，又用探求的眼光，望望周围的每一个人，结果遇到的全是信任的目光。她接过了婴儿，有些笨拙，有些紧张。婴儿扭动身体，皱起眉头，酝酿着风暴般的哭喊。这时迈克尔走近她，轻轻抬了抬她的左臂，使它稳稳托住婴儿的头，婴儿立即舒展了眉头。晨槿心如潮水，那一瞬似乎才真正从监狱回到了人间……

圣诞节又悄悄地靠近了。家家张灯结彩，争相营造节日的气氛。凯琳邀请重瓣花俱乐部董事会成员们到家里聚会，总结工作。俱乐部在一年间建了网站，发展会员超过五十人，围绕女性主题办过读书会、研讨会，凯琳还接受过电视台广播电台的采访。迈克尔觉得开会枯燥，下厨房给大家烤苹果派，圆圆自告奋勇地帮忙。凯琳见咖啡杯子空了，起身到厨房添加，正撞见迈克尔亲吻圆圆。他半闭着眼，神情一半是陶醉，一半是警觉；圆圆两眼含笑，面若桃花。凯琳手中的瓷杯摔到了大理石地面上，碎成了几片。迈克尔被火灼了般，慌忙放开了圆圆。坐在起居室里的人们听到响声，拥进了厨房。迈克尔做苹果派时不小心把一些面粉抹到唇边，亲吻时在圆圆的脸上留下了痕迹。所有的人立即读懂了眼前的一幕。

纳塔莉娅第一个叫起来："这简直令我恶心！"玛莎对迈克尔怒目相向："我为你感到羞耻！"晨槿把圆圆拉出厨房，命她立即离开凯琳的家。凯琳一言不发，从储藏柜里拿出笤帚，打扫地上的咖啡杯碎片。不知是笤帚太软了，还是她手臂无力，碎片纹丝不动。她索性蹲下来，一片片去捡。玛莎也陪她一起捡，不小心扎破了手指。如果破碎的能复合，没有哪个女人会吝惜指尖的几滴鲜血。

当天晚上，迈克尔睡进了客房。凯琳坐在主卧室的窗前，天旋地转，记忆的小船在波涛汹涌的岁月之海上不停地颠簸、回旋。

3. 妻子：大律师凯琳

凯琳在20世纪50年代出生于纽芬兰的小渔村碧湾，高中毕业前没离开过老家。她的父亲是渔民，母亲是家庭主妇。她只有一个弟弟。从十几岁起，她帮母亲打理家务，弟弟随父亲下海打鱼。她想象自己的生活轨道会和当地其他少女一样：做渔民的妻子、几个孩子的母亲、全职家庭主妇。

在高中毕业的情侣舞会上，她穿上了平生拥有的第一件晚礼服。紫吊钟花色的丝质长裙，细腰宽摆，缝进了乡间浪漫和城市优雅。她把一头淡金色的鬈发高高盘起，露出细腻光滑的脖颈、双肩，还有双乳的上半球。当她走进舞会现场时，立即引起男生们的尖叫。吉姆甚至抛下丰乳肥臀的女同伴，前来邀她共舞。吉姆英俊健壮，是学校棒球队的主将，女生心目中的明星，她的梦中情人。舞会结束后，在海边山崖柔软如被的草坪上，她在他的身下快乐地呻吟，任他击碎处女的"草莓"，溅起的飞红点染了丛丛绿草。

两个月后，她感觉身体正发生种种异常，开始担忧，一个人悄悄去乡村诊所看医生，发现自己怀孕了。她跌坐在窄小的木椅上，头发像被闪电击中般根根竖立。海风透过敞开的木窗刺痛脸颊，在那个年代，尤其在偏僻保守的纽芬兰，未婚怀孕属大逆不道。她离开诊所，跑遍了全村，终于在海边找到了吉姆。他身穿连裤的绿色塑胶衣，戴着沾满血腥的塑胶长手套，正和一群渔民一起杀鱼。她把他叫到一边，低声讲了她的新闻。她面红耳赤，掩饰不住内心的羞耻感和负罪感。他立即变了脸色，慌张起来。背后的渔民们观察两人的一举一动，其中一人说了句什么，众人便哄笑起来。吉姆似乎突然失去了耐心，借口马上要随船出海，让凯琳自己决定孩子的事。说罢，就疾步回到了渔民中间，埋头杀鱼。过了一会儿，他走近一个庞大的水池，打开水龙头，反复地冲洗塑胶手套上的血迹。凯琳开始悔恨山崖草坪上激情的一夜，再也无法注视吉姆手下渗血的水花，掉头离开了。回到家里，等待她的是一个坏消息。父亲在出海打鱼时，被鲸鱼咬断了右腿，从此再不能正常工作。挨过了一个星期，她不得不向父母交代实情。父亲原本脾气暴躁，加上因为腿痛郁闷，她的新闻简直是火上浇油。他要靠政府的残疾人救济生活，没有经济实力帮她抚养孩子，于是大吼了一声："滚开！"她的母亲只能偷偷地抹泪。

凯琳想放弃这个孩子。当时避孕不合法，堕胎更不合法。她的表姐一年前在本省圣约翰斯的一家地下诊所堕胎，因为医生处理不当，身体出现大出血，失掉了性命。为避免重蹈覆辙，她决定到医疗条件比较好的多伦多去。她登上了从纽芬兰岛驶往新斯科舍省的轮渡，心情复杂，对背井离乡惴惴惶惑。从海的一边到另一边的巨大跨越，超出了她的想象。她在夜里头晕呕吐，痛苦不堪。到了第二天早晨，海天平静，她似乎绝地逢生，恢复了继续旅行的勇气。登陆后，她又乘坐长途汽车"灰狗"，经过两天两夜的颠簸，终于抵达了多伦多。

她找到了一份工作：在超级市场里当收银员。两个星期后，她拿到了薪水，又变卖了母亲给她的银首饰，接受了堕胎手术。她在手术后流血不止，只好又回到诊所清宫，不幸得了宫腔感染。她的同事知道了她的隐情，偷偷塞给她一本《控制生育手册》，嘱咐她以后行房事多加小心。传播避孕知识属非法活动，麦吉尔大学学生会冒险出版了这本小册子，不料它却成了北美的地下畅销书。三个月后，加联邦政府迫于妇女运动的压力，立法容许宣传避孕常识，销售避孕用品；如果得到治疗堕胎委员会的批准，妇女也可以到正规的医院堕胎。假如政府提前三个月发布这条法令，她可能就不必到地下诊所堕胎，她后来的生活也许就完全不一样了。但人生中的假设，从来都是愚弄蠢人的游戏。妇女们并未因此满足，进一步要求控制自己身体的全部权利，“我的身体我做主”，堕胎是个人的事，凭什么要委员会批准？1970 年年初，妇女们在温哥华举行了第一次反对新堕胎法的示威活动，紧接着，为提高妇女对集体力量的觉悟，又举行了横跨全国的长途示威游行，从温哥华出发，经坎埃德蒙顿、温尼伯、多伦多等，沿途广大妇女纷纷签名请愿。游行队伍抵达多伦多时，凯琳立即加入。在游行队伍中，最引人注目的是一口棺材，它象征在非法堕胎中死难的妇女。凯琳庆幸自己在堕胎手术中幸存下来，但她有责任保护其他妇女。一个人生命的升华，不仅要从个人的悲剧中解脱，还要设法避免同样悲剧的发生。她随游行队伍走了五百多公里，一直到了渥太华。游行的路线漫长，改变不合理立法的道路更漫长。直到 1988 年，加拿大高等法院终于宣布废除“治疗堕胎委员会”，给予妇女堕胎的自由。

凯琳立下誓愿，不要像她的母亲那样做家庭主妇。她进入约克大学，读社会学本科，后来进入多伦多大学法学院读硕士。她用政府给予学生的贷款交付学费和书本费，靠在超级市场工作支付生活费。毕业后，她在一家小律师事务所实习，几年后终于取得正式的律师资格，进入安枫律师事务所工作。律师事务所一向是男性掌控的世界，女律师凤毛麟角。她每接一个案件，都做足功课，在法庭上发射唇枪舌剑，常常得胜而归，逐渐赢得老板和男同事们的赏识和尊重。她和一位律师同居过，想过要一个孩子，但一直不能怀孕。她到医院检查，听到的是一个令她永远捶胸顿足的诊断。当年她堕胎时，手术医师操作不当，吸宫过度，损伤了她的子宫颈管和内膜，引起宫颈粘连阻塞。精子不能通过宫颈管进入宫腔，意味着她再没有怀孕的可能。她和律师的爱情只维持了两年。她开始对同行产生反叛心理，在潜意识中避免与他们约会。因为工作极度繁忙，她几乎没有多少机会接触男士，尤其是其他行业的没有犯罪记录的男士，所以在感情生活上空白了好几年。

安枫律师事务所有一项传统：每年向地处贫民区的维多利亚小学捐赠图书、衣物、食品等。那天事务所原本派两位秘书去捐赠，但其中一位临时生病，凯琳顶替出席。她从车上卸图书时，听到了一个小女孩的哭声。哭声不像撒娇任性，带着和年龄不相称的凄怨。她循声望去，看到一个金发小女孩正伏在一个男人怀里哭泣。男人三十出头年纪，英俊有型，也生一头金发。他神情紧张，嘴里念叨着什么。她对安抚小孩并无经验，但鬼使神差般跳下了卡车，走近两人，面带微笑问小女孩："你这么伤心，我能帮你做点什么吗?"小女孩扭过脸，透着泪眼好奇地打量着她，居然安静了下来。在交谈中，她了解到，男人名叫迈克尔，女孩是他的女儿玛莎，他们刚搬到学校附近。女孩恐惧一个人上学，不肯放迈克尔离开。凯琳答应陪玛莎进教室，等她安定下来之后再离开。迈克尔感激万分，目送凯琳牵着玛莎走进教学楼，立即赶去上班。

迈克尔通过玛莎的学校找到了安枫律师事务所的电话号码，打电话向凯琳表示感谢，还说玛莎想见她，星期六在多伦多中心岛的公园里，有一个儿童活动，问她是否有兴趣参加。这难道是约会邀请吗？凯琳微笑着，暗问自己。她没想过和一位单身父亲约会，一脚踏进复杂的家庭生活中去，但迈克尔和玛莎的真诚和无助，拨动了她的心弦。她答应了。

周六中午，当凯琳在轮渡码头见到玛莎时，玛莎立即欢喜地伸出两只小手臂。凯琳蹲下身去，把她拥进怀里，亲吻她绯红的脸颊和俏皮的鬈发。夏日的阳光使人心绪晴好。她和迈克尔带玛莎坐小火车、玩碰碰船，还在草地上野餐。他们被游乐场的工作人员误认成一家人，凯琳和迈克尔不约而同地面露微笑，既不承认，也不否认。迈克尔正经历生活中最黑暗的阶段。他和妻子在感情破裂后，选择了离婚。妻子因患有精神疾病，放弃了玛莎的抚养权。迈克尔的父母远在加拿大西部，爱莫能助。迈克尔每次看到女儿的泪眼，都深感歉疚。他在一家汽车制造厂工作，日程紧张，还要照顾女儿，整日忙得焦头烂额。迈克尔与律师事务所里西装革履的男人们相比，坦诚、本色，何况他还有一副英俊的面孔。

那天凯琳在和迈克尔父女分手时，竟有些不舍。

过了一个星期，迈克尔邀请凯琳去看他演出。原来他是业余乐队的主唱，经常参与慈善活动，偶尔也在社区音乐节上献艺。演出在湖边的帆板运动俱乐部里举行，目的是为乳腺癌患者募捐。歌厅有些窄小，挤满了听众，有些人只好站在门外的露台上。没有空调，悬在天花板的风扇慢条斯理地转动，卷起层层热浪。乐队队员们站在简单的舞台上，穿牛仔衣，弹吉他，唱轻摇滚歌曲，个个朴实真诚。迈克尔已唱得满头大汗，看见凯琳时，露出开心的笑容，歌声愈加深情。

半年后，凯琳和迈克尔结婚。迈克尔和玛莎搬进了凯琳的公寓。凯琳把母爱倾注到玛莎的身上，相信后天培养的爱，也会浓郁如血。迈克尔是个懂得疼女人的男人。她早晨贪睡，迈克尔为她准备好早点和维生素；她粗心时把钥匙忘在家里，他跑回家给她开门；她缺乏方向感，在她开车时，他帮她看地图指路；在她过生日时，他总要亲手做奶油蛋糕，并点缀上鲜红的樱桃……凯琳逐渐成长为著名律师，收入日益丰厚，迈克尔也从普通工人升为经理。一家人在公园附近的富人区买了舒适的住房，过上典型的中产阶级生活。玛莎长大成人，嫁给了同样来自纽芬兰的摄影师鲁迪。凯琳完成了抚养玛莎的重任，心里自是欣慰。她和迈克尔在玛莎搬离后，第一次拥有了二人世界，并对彼此白头偕老坚信不疑。

但是圆圆出现了。

迈克尔对圆圆感兴趣，凯琳其实有所觉察，只是不愿确认。为庆祝迈克尔的生日，她和迈克尔坐豪华邮轮到加勒比海旅游。两人乘飞机到佛罗里达的一个港口，然后搭乘皇家邮轮。太阳东升，邮轮起航，驶向碧蓝的大海。凯琳站在甲板上，眺望海天，心旷神怡，但迈克尔却有些心不在焉。晚上，两人到邮轮上最讲究的意大利餐馆吃晚餐，餐厅里的氛围温馨浪漫。凯琳特地穿上了新买的黑色小礼服，但他居然没有留意到。也许他对她太熟悉了。每个女人至少要有一件顺应时尚的黑色小礼服，但每年的时尚在变，去年的款式长过膝盖，今年的却露出膝盖。做女人其实好累，她也不能免俗。她和他相对而坐，尽力掩饰内心的失望。迈克尔把目光从菜单上移开。她顺着他的目光望去，捕捉到了一位娇小圆润的东方女子。他觉察到自己出轨的目光被抓获，尴尬地一笑，说：“我不过是看看‘菜单’。”“菜单”是一语双关，秀色可餐，只欣赏，不品尝，总不算有错吧，再说男人有几个不看“菜单”的呢？

在迈克尔和圆圆的私情暴露后，俱乐部的秩序被彻底打破了。

晨槿愤而与圆圆断绝交往，并为介绍她认识凯琳一家歉疚不已。晨槿说圆圆辞去了粥棚的工作，让她眼前清净了很多。两个月后，凯琳接到晨槿的电话。圆圆再三苦求，请晨槿从中通融，要见凯琳一面。凯琳答应了。圆圆在凯琳家还未坐定，就开始哭天抹泪。凯琳见了，几乎手忙脚乱地递上纸巾。她一直把圆圆看成女儿辈的人，自有怜惜之情。圆圆在晨槿的翻译下，断断续续地讲了自己的经历。十年前，她的父亲，多伦多东区一家小型中国超级市场的老板，心脏病突发，死在一堆黄桃旁。那时圆圆刚登陆加拿大不久，在迷迷糊糊中承继了父业。她不懂经营，搞得生意每天走下坡路。她对整日收拾烂瓜菜生厌，索性把它卖给了一位福建老乡。她拿到了钱之后不知该做什么，受一个华人理财家的怂恿，交给他管理，据说投资回报率极高。不久，这个华人理财家因诈骗罪被警察局逮捕，她的投资彻底打了水漂。她哭得昏天黑地，清醒过来后只好四处打工，当过保姆、侍应生、收银员，其间辛苦真是一言难尽。她没遇到过一个真心待她的男人，直到认识了绅士迈克尔，她哪里抵抗得了他的魅力？要是没有他，她再也没有信心活下去了……

凯琳原谅了圆圆，非但如此，还在和迈克尔离婚分割家产时慷慨给予，为他和圆圆开始新生活创造了条件。

凯琳在承受感情打击的同时，疾病又骤然来袭。她在年度例行体检中，被诊断得了乳腺癌。她没有迟疑，立即开始化疗。如同几出几进炼狱，她在最后一次爬出时，形销骨立，头发稀疏，仍面临癌细胞扩散的危险。她遵照医生的建议，接受了乳房切除和重建手术，斩草除根。在死亡的威胁面前，谁还会吝啬一对乳房？手术痛苦，近乎残酷，身体的恢复也比预料中缓慢。她毕竟是近六十岁的人了，手指被割破了，都要几个星期才能愈合，何况是大动干戈的手术？在治疗过程中，玛莎、纳塔莉娅，还有晨槿经常陪伴在她的身边。

4. 婚礼戏剧

周六傍晚。公寓里的安静是薄薄的，像贴在窗玻璃上的霜花，只需用手指轻轻一触，就会被弹破，何况震耳的手机铃声是《纽芬兰之歌》，那是晨槿为鲁迪设置的。鲁迪和凯琳一样，热爱纽芬兰民歌。她还未接电话，先叹了一口气。白天她受鲁迪指派，到尼亚加拉大瀑布为一对年轻情侣拍照。这对情侣来自墨西哥，只会讲零星英语，和她交流有困难。女孩子大耍公主脾气，搞得她筋疲力尽。她咬着牙完成了任务，终于回到公寓，洗了热水澡，想过一个安静的夜晚。鲁迪叫她来皇家酒店的婚礼现场“救火”。现场并没有着火。玛莎染上了流感，跑到洗手间里上吐下泻，只好回家休息。新人再过半小时就要鸣锣登场。鲁迪和新人早签下协议，新人已交四千加元的定金，鲁迪和玛莎必须拍下两千张照片，以供新人选择。现场只剩下了鲁迪和泉，但泉是技师，不擅长摄影，只能搬器材。鲁迪一个人怎么可能在短时间内拍那么多？还要抓到精彩镜头？宾客超过了三百人呀。如果鲁迪不能履行合同，就有可能被起诉。

晨槿从话筒里都能捕捉到鲁迪呼吸中的焦虑，想象得出他此刻困兽般的表情。前一段时间，鲁迪多年的竞争对手因为丢失拍满了婚礼照片的相机，被客户起诉，要求二十万加元的精神损失赔偿费，结果客户胜诉，竞争对手宣布倒闭。鲁迪多年来被竞争对手挤压，终于卸下背上的大山，挺直了腰板，怎么可以陷入同样的泥潭？她答应立即动身，尽快到场。她放下电话，脱下休闲装，穿上经典的牛津黑衬衣、黑牛仔裤，再罩上黑风衣，抓起摄影包，就冲出门去。刚一到街上，一辆黄色出租车仿佛约好了似的，翩翩进入她的视线。她一伸手，司机就机灵地把车停在了她的脚边。她跳上出租车，嘴里嚷着“皇家酒店”，司机立即抖擞精神上路了。这天算鲁迪走运，她可一刻都没耽搁。

晨槿没见过这对在皇家酒店举办婚礼的新人，他们是玛莎的客户。鲁迪一向按拍摄收入的比例发奖金，在公司里的几位摄影师之间，免不了会出现互抢客户的龃龉。晨槿恪守一个原则，对别人的客户绝不过问。她听说新人是一对中国人，这也是鲁迪安排玛莎接待他们的原因。以前晨槿接待过中国人，但她不善讨价还价，又碍于同胞的面子，总一而再、再而三地让步，简直把摄影公司的生意当慈善事业来做了。即使鲁迪在场，这些人也会和晨槿说一大堆中文。鲁迪听不懂，只好尴尬地赔笑，十分不爽。

晨槿平常在拍婚礼之前，总会和新人见一两次面，观察他们的言谈举止，尤其是他们之间的相互注视。不过，大多数新人在婚礼之前忙得颠三倒四，又把信用卡刷到了极限，承受来自双方家庭的各种压力，经常当着晨槿的面斗嘴，更谈不上深情注视了。晨槿耐着性子平息战火，心里暗自嘲笑。婚礼不过是一场缺少理性的派对，有时还伤财伤感情。在多伦多办一场中等排场的婚礼大约要花费五万加元。很多女孩子为有一场体面的婚礼，从十几岁开始存钱。她们的父辈还更卓绝，每年省吃俭用存下钱买几件 Ashley William（阿什莉·威廉姆斯）的瓷器，到结婚那年，就存够一套完整的六十四件的晚餐瓷器：盘碗碟、茶杯、调羹等一应俱全。如果晨槿有那么大一笔钱，还有一个爱人，会和他一起出外旅游，而不要紧张兮兮地办什么倒霉的婚礼！可惜那是美丽虚幻的假设。她嘲笑归嘲笑，到婚礼当天，却非常敬业，举着相机满场奔忙，总能捕捉到新人最美最幸福的瞬间。但这天要拍一对从未谋面的新人，只能靠临场的灵感和发挥了。

晨槿走进婚礼大厅。大厅照例像一位 19 世纪的法国贵族妇女，装饰得繁复美丽。几十张桌子上都披着淡粉色的台布，全不切实际地浪漫着。主台更是花枝招展，期待着新人和伴娘伴郎团的光临。很多客人已经到场，穿着自己壁橱里最光鲜的衣裳。有的站着，有的坐着，有的毫无目的地踱步。不同肤色的面孔都微微上仰，流露出隐隐的激动。晨槿一眼就看到了比众人高一截的鲁迪。他的自然卷长发，在人群中张扬地绽放着；左耳上的大号银耳环，在水晶灯下闪动光泽。她目不斜视，拨开人群奔向他。鲁迪伸出长手臂拥抱她："我的黑木槿，你终于来了！"因晨槿常年穿一身黑衣，他在激动时喜欢叫她"黑木槿"。

晨槿立即进入工作状态。她藏在黑袍子里，在鲜艳的大厅里轻轻走动，举起装着特号镜头的炮筒般的相机，咔嚓咔嚓，拍下一位又一位表情快乐的客人。她的脸几乎被镜头遮挡，不惹人注意，但她可以通过镜头观察他人。乐队开始演奏，客人们慢慢地坐到了餐桌旁，安静地摆出长颈鹿般张望的姿态，等待喜宴的第一轮高潮：伴娘伴郎团和新人的出场。晨槿立即就位，站到了大厅中间通道的旁边，准备迎接一场急速的拍摄"战斗"。这时，乐队奏起了钢琴曲《爱的喜悦》。熟悉的音乐像一阵冷风，贴着她的背部吹过，使她全身的皮肤立即抽紧了。这首钢琴曲在她和淼的婚礼上播放过！

两位穿燕尾服的男士优雅地打开了大厅的门，一对对的伴郎伴娘喜气洋洋地走进来。婚礼主持人是当地中文电视台的一位播音员，四十出头年纪，声调热情激昂，一一报出伴郎伴娘的名字，随后宣告新郎陈淼和新娘紫嫣，还有他们的父母出场！淼挽着他的母亲于琇缓缓步入大厅。淼西装革履，人显瘦了些，但面孔仍清朗。于琇染了发，比几年前竟显年轻了些。紧随其后，新娘紫嫣挽着她的父亲露面了。新娘二十几岁年纪，面孔妩媚，身材饱满，一对骄傲的乳房在婚纱下呼之欲出。她的父亲身材中等，戴一副有些古板的黑框眼镜，但脸上挂满了笑。晨槿惊讶地倒退了一步，不料踩到了身后一位女客人的脚上，险些摔掉手上的相机。女客人立即发出痛苦的尖叫，抢走了全场的注意力。新郎新娘和他们的父母不约而同地停下脚步。晨槿失去相机的遮挡，完全露出了脸孔。这时众人听到一声惊恐的尖叫，那是于琇发出的！于琇飞快地躲到了新郎的背后，厉声叫道："快打电话给警察！"众人一片惊诧、哗然。

乐队的演奏被这两声尖叫打断了，队员们都停下手中的乐器，张望大厅中央的主角们。新郎果真从裤袋里掏出手机，拨打911，接通后，急促地说："晨槿现在距离我母亲不到三米远，触犯了法庭的禁令，请立即派人带走她！"新娘听了，脸完全因恼怒涨红了，她显然对晨槿的名字熟稔于心。她拖着婚纱长长的裙摆，摇晃着走近晨槿，伸出手就打了晨槿一个耳光。众人都屏住了呼吸，耳光声在静寂中格外清脆。泉首先醒悟过来，从主台旁跑过来，随后鲁迪也跟过来，两人用身体挡住了晨槿。从新娘的眼神中，不难想象她下一步会揪住晨槿的头发厮打。客人们为了看清这戏剧性的一幕，纷纷站起身，拥了过来，脸上露出担忧表情，眼神却兴致勃勃。他们原本期待一场鲜艳俗套的婚礼，谁料到会出现异峰突起的高潮。晨槿稍稍镇定了些，把镜头盖扣上，转过头准备离开。"不能放她走！"于琇又叫道。客人们很快向晨槿聚拢，把她团团围住，堵住了她的逃路。鲁迪赔着笑脸："有话好好说。"新娘叫道："有什么好说的？她是杀人犯！"众人露出惊骇表情，眼神复杂地打量着一身黑衣的晨槿。她的短发在洗过之后显然没有打理，凌乱中自有几分洒脱，皮肤是被太阳晒了一季的小麦色。她未施脂粉，两只眼睛低垂着，让人无法捕捉到期待中的凶狠。晨槿低声对鲁迪说："新郎是我前夫……"鲁迪伸出大手掌抓自己的鬈发，几乎绝望地叫道："难以置信！难以置信！"新娘又扑过来了，嘴里嚷道："你来搅我的婚礼，我非把你打扁了不可！”“紫嫣！”新郎淼叫道，声调不高，几乎悲哀。紫嫣居然停止了袭击，转过头疑惑地看着自己的新郎。

这时一男一女两位警察出现了，男的是华裔，女的是西裔。他们验明了晨槿的身份，又通过手机联络警察局总部，查了她的案底，随后给她戴上了手铐。晨槿终于抬起头，对淼说了一句话：“别因为我惩罚鲁迪，破坏他的生意。我求你！”淼别过头去，不置可否。晨槿被押出了婚礼大厅。

紫嫣从淼的眼中读到了怜惜和遗憾。她一跺脚，嚷道：“这婚，我不结了！”说罢，转身向大厅门口奔去。淼伸出手去拉她，不料她爆发出惊人的力量，甩开了他。紫嫣的父亲立即追赶，几位伴娘也叽叽喳喳地跟着跑出去。鲁迪醒悟过来，接连抓拍，心里给这一系列照片取了恰当无比的名字，叫“落跑新娘”。这时于琇全身一晃，晕倒在地。淼从地上爬起来，再次拨打急救电话911。一位女子拨开人群冲过来，全不爱惜身上昂贵的大红晚礼服，立即跪地对于琇实施抢救。有人甚至拿出苹果手机，拍下了女医生救人的场面，立即上传到“脸谱网”上。

救护车来了。救护人员用担架抬走了于琇，淼也跟着上了车，撇下满场的客人。乐队及时地调整情绪，恢复了演奏。客人们兴犹未尽地回到座位上，低声讨论黑衣女摄影师和新郎的关系。对他人隐私的猜测，像掺入混合果汁的朗姆酒，永远比果汁本身更醉人。客人们都饿着肚子来的，既然新人已预付了饭费，索性开始享用丰盛的晚餐。他们在酒足饭饱后满意地离开，自然还会在很长一段时间里，细细咀嚼婚礼上的一幕。

男警官只会讲英语和粤语，晨槿不会讲粤语，所以和他用英文短暂地交流了几句。她惊魂未定，脸上被紫嫣打过的地方还火辣辣地痛。女警官一路上没讲话，人恹恹的，似乎对在周六工作怀有抗拒情绪。警察局的走廊很安静，能听到的只有三个人的脚步声。她对这里早不陌生，警官们也没有对她恶声恶气，所以当她被押进审讯室，离开了众人的注视，精神反倒轻松了些。男警官替她打开了手铐，甚至还给她端来一杯冰水。他登记她的资料，问了一系列的问题，填了一张冗长无比的表格。这使她回想起三年前被羁押入狱的日子，全身的神经又紧张起来，心被新的恐惧攫住了。警官根据她的请求，从她的手机里找到凯琳、矫正官杰森，还有鲁迪的号码，请他们来警察局。三个人先后赶到了。凯琳忍着病痛，居然穿着黑色套装，随时准备出庭的样子。晨槿含着泪说："凯琳，我不想再回到监狱里去！"凯琳立即轻声安慰："你先镇定些！"鲁迪向各位解释，晨槿出现在婚礼上"纯属偶然"，还出示了他手机上的电话记录，证明晨槿并非"预谋触犯禁令"。大卫离开审讯室，向上司汇报。他的上司需要在第二天召开一个电话会议，讨论晨槿的案件，因此要扣押她。

第二天傍晚，晨槿在被羁押了二十三小时后，获得释放，不被追究法律责任。凯琳开车接她回家。一路上晨槿除了说一句"谢谢"，再没有多话。在她下车后，凯琳嘱咐："好好睡一觉，明天会是新的一天！"她不敢回头，怕眼泪在夜幕中也会闪亮，只把手伸到脑后挥了挥，表示再见。她走进公寓，迫不及待地剥下身上的一层层衣服。她在拘留所里没有机会淋浴，全身散发霉气，现在终于可以痛快地洗个热水澡，享受裸露的自由，不必担心他人的注视。

于琇在淼的婚礼上昏倒后，立即被送进了医院。医生检查后，发现她身体并无大碍，第二天就让她出院了。淼去向紫嫣道歉，但紫嫣拒不接见。在于琇的强烈要求下，淼请律师发了一封义正词严的电子邮件给鲁迪。当初淼和紫嫣与"柠檬树"签订合同，指名要鲁迪夫妇当摄影师，但他们临时换上“罪犯”晨槿，搅黄了一场婚礼。于琇给了鲁迪夫妇两个选择：一是补偿婚礼的经济损失十万加元，精神损失五十万加元，二是辞退晨槿。鲁迪夫妇根本没有能力支付赔偿，也不敢冒风险和于琇母子打官司，弄不好既损坏了公司名誉，还要做出巨额赔偿，那么只剩下了一个选择：辞退晨槿。

星期一早晨，晨槿到公司上班，见到了含泪的玛莎和一纸辞退书。晨槿识趣地整理东西，向泉交代工作。泉在一夜之间被提拔成摄影师，并不兴奋。他讽刺鲁迪胆小，居然被于琇这个“老太婆”吓住了。老太婆有什么理由要求经济损失赔偿？晨槿出现在淼的婚礼现场，是一个不幸的巧合，又没有持枪威逼紫嫣取消婚礼。紫嫣不肯嫁，说明她和淼的爱情压根就不牢固。晨槿替于琇辩解，淼的新娘跑掉了，于琇丢了儿媳，还丢了面子，要求赔偿可以理解。泉摇摇头，面子，中国人被“面子”控制了几千年，害人害己，还没受够？泉在这几年里，尤其在协助凯琳办理晨槿的案件期间，一直站在晨槿的立场上，这让她感激。他难过地说：“你走了，没人在公司里和我说中文了，多没劲呀。”晨槿安慰地拍拍他的肩膀：“你可以给我打电话呀。”

不久，泉果然给晨槿打电话，邀她去听“蓝色圈地”乐队的音乐会。那是多伦多夏季一个暖风洋洋的傍晚，位于安大略湖边的露天音乐厅全场爆满，甚至在四周的台阶上、树荫下都挤满了听众。歌手们上场了，引起人群的尖叫和欢呼。多伦多的艺术听众可以说是世界上最热情的群体之一，对小剧场、非主流的演出一向热情鼓励，更何况对“蓝色圈地”这样土生土长的乡村摇滚乐队。乐队的歌手们不像美国的一些超级歌星，穿着暴露奢侈，还依赖高科技的舞台效果。他们穿方格棉布衬衣、牛仔裤，素朴亲切。从 20 世纪 80 年代末开始演出，在三十年中从未停止过。当年的邻家男孩已经变成邻家大叔，但风格更成熟。“我喜欢他们的朴素和真诚！”晨槿嚷道。四周的观众兴奋地呼唤歌手们的名字，淹没了她的声音，她只好提高嗓门重复。“我猜你会喜欢！”泉说。观众们一边喝啤酒，一边欣赏演唱，啤酒泡沫随着音符满场飞扬。有人在两首歌的间歇嚷道：啤酒的味道像天神的甘露！啤酒加音乐，天堂的生活不过如此！当歌手们开始唱他们的金曲《爱一个人》时，观众纷纷站了起来，他们也受了感染，随着大家一起载歌载舞。泉在舞蹈时偶尔会撞到晨槿的手臂，身上的汗味也不时传来，让她有些心旌摇荡。

散场时，他们离开座位，随着人流向音乐厅外走去，不时交流对演出的感受。在狭窄的林荫道上，身后的观众不停地从他们中间穿行，害得他们不得不一次次中断谈话。泉终于伸出手，牵住了她的手，迫使人们绕路而行。那似乎是再自然不过的举动。一时间，两人的精神似乎聚集到对方的手上，竟忘记了交谈。音乐为他们酝酿感情，一旦感情泄露，音乐就暂时完成了使命。待他们走上了湖滨大道，四周不再有其他人，她才轻轻地挣脱了。他牵着她的手走了多长时间？五分钟，或许只有三分钟？他和她是怕被人群冲散才牵手的，后来她在心中一次次替彼此开脱。

5. 一个女人的旅行

晨槿为了生计，到“第二杯咖啡店”打工。她上早班，每天清晨 4 点 30 分起床，5 点钟准时到咖啡店。煮咖啡是机械劳动，一切都严格按照配方。没过几天，她就厌倦了这重复性的工作。她下决心做一个摄影项目，立一个生活目标。她不想拍人像，因为人像含有欺骗性。拍摄对象总有些做作，在镜头面前喜欢大笑、微笑、痴笑、媚笑，很少流露痛苦，世间有几人是真正快乐的？她把目光转向风景。加拿大有风景秀丽的山脉、森林、湖泊、草原……随便选取一个主题，足够忙上几年。她思来想去，决定拍瀑布。她打印了一张加拿大的自然风光图，把上面的瀑布用黄色蜡笔标出来。因为周末要做工，她常在平时出门，何况平时风景区游人稀少，合她的心意。

这是一场孤独之旅。

尼亚加拉大瀑布气势磅礴，声名显赫，但她不愿在它身上倾注时间和心思，因为它被商业化了。旁边矗立着高楼、霓虹灯，甚至还有赌场。她至少陪二十对新人到大瀑布附近拍过结婚照，看他们搔首弄姿。最近几年，过夏令营的国际学生们又鱼一般成群结队地拥来，把大瀑布四周几乎变成了集市。在安省，真正被称为“瀑布之城”的是哈密尔顿市。哈密尔顿市离尼亚加拉大约一个小时的车程。在市内方圆几十英里的范围，分布着大大小小几十个瀑布。韦布斯特瀑布源自一条清澈透明、平缓舒坦的小溪，弯弯曲曲，流到峡谷边缘，瞬间演变成一泻如注、水花飞溅的银色长练。飞流直下的瀑布，撞击石壁和峡谷底部的石头，卷起千层飞沫，随后又舒缓地穿行在石缝里，化成一条桀骜不驯的溪流，与尼亚加拉大瀑布一样，最终流入安大略湖。晨槿想，也许做人应如瀑布，始终拥有“义无反顾”的勇气。

在韦布斯特瀑布的不远处，出现了一条细小、安静的瀑布，像一个依偎身旁的婴儿，人称“婴儿瀑布”。它被树木和花丛襁褓般环绕，花丛中可见蝴蝶轻盈飞舞。是谁说过，每一个蝴蝶都是从前的一朵花的鬼魂，回来寻找自己？或许，晨槿也是一朵花的鬼魂吧。她至少死过两次了，一次是在药物中毒后躺在医院里，一次是躺在监狱的硬板床上……想着想着，她的泪落了下来。面对大自然，似乎比面对墙壁流泪舒畅得多。不知过了多久，她抹干了脸上的泪，拿起相机，拍下了享受阳光亲吻的婴儿瀑布。随后，她又来到了杜斯瀑布旁。瀑布落差十几米高，水体并不碰撞石壁，而是自由垂直流下，修长匀称，宛若一位亭亭玉立的淑女。自然界的一山一水都有灵魂。杜斯瀑布的气质，难道不是她所追求的吗？不染尘埃，沉静清雅，特立独行。

不久，她驾车到魁北克去看蒙莫朗西瀑布。蒙莫朗西瀑布又名水晶瀑布，距魁北克老城十余公里，开车十几分钟路程。瀑布高近八十米，比尼亚加拉大瀑布的落差还要多三十米，号称美洲三大瀑布之一。瀑布水源来自蒙莫朗西河口，沿山峦峭壁飞流直下，水花四溅，在阳光下放射出水晶般耀眼的光芒，最终与圣劳伦斯河交汇。那一刻她又一次联想到了命运。从滋润的中产阶级跌入囚犯的底层是生活的巨大落差，落差造就动感，导致倾泻，一如命运，不由分说兜头而来，使她经历了前所未有的洗礼。

她开始探寻那些名不见经传的瀑布，有的藏在山里，有的守在河边；有的雄浑，有的温柔。她每靠近一个瀑布，都像去赴一场“盲约”，心里隐隐地激动。在“盲约”中遇到的男人可能令人失望，但没有哪一个瀑布令她失望过，她常常满身负荷、满面尘灰而去，一身轻松、一身洁净而归。她白天拍摄，晚上回到家里把照片拷贝到电脑上，然后在同一瀑布的所有照片中，挑选出最满意的五张，给它们编号、加注，认真地记下瀑布的名字、地点、四周风景，甚至观赏时的心情。她还会上网研究瀑布的形成历史、特点等，很快就对加拿大东部的瀑布如数家珍。她对西部的许多瀑布，尤其是卡尔加里附近的卡梅伦瀑布十分向往，但时间、财力有限，只能期望以后有机会造访。

她花很多时间，在电脑上用 Adobe Illustrator（阿多比插图画家）软件加工作品。驾驭鼠标，似乎比驾驭相机快门难多了，总达不到满意的效果。她打电话向泉请教。泉说在电话里一两句话讲不清，要演示才行，他可以来家里教她。晨槿迟疑片刻，公寓里狭小的空间，容不下热气腾腾的两个人，她请他到咖啡馆见面。两人把时间定在下午三四点，晨槿下班之后。

转天泉按时赴约，还带来了他的小女友。小女友符合20世纪90年代生人的美女标准，大眼、尖下巴、皮肤细白；还顺应时尚潮流，全身名牌，连小包上拴的丝巾都是巴波瑞，一点不含糊。她和晨槿不冷不热地打了个招呼。晨槿从她的眼神里，似乎看到了自己：一个“老一辈的打工妹”，枯燥，落伍。两个人隔山隔水，永远成不了同一家俱乐部的成员，这样反倒轻松，不必设法讨彼此的喜欢。泉和小女友在一起时间长了，生活轨迹会离自己越来越远。她可能会终于失掉他这个朋友。想到这里，她不由得有些失落。

泉看了晨槿的作品后，兴奋地叫起来：“哇！”他一再建议她寄一幅去参加安省的摄影展。晨槿虽然从小喜欢摄影，但这些年拍得时断时续，又从未受过专业培训，怎么能和专业摄影家竞争？她没有足够的信心。参展要交注册费，还要给作品加框，恐怕要花上千加元。这是一笔不菲的费用。泉说凡事都有代价，对比晨槿爬山越岭拍一幅图片所冒的危险，一千加元的风险不算大。她被他的热情感染，最终答应了，还问他对哪一幅最赞赏。他毫不犹豫地挑了《婴儿瀑布》。她想说什么，但立即咬住下唇，眼里却露出感激。他赞赏的，正是她最喜欢的作品。泉的小女友打起了哈欠，闹着要去逛店。泉无奈地摇摇头，拉着她离开了。

不久，晨槿接到安省摄影展组委会的通知，她的作品被接受了！

在摄影展开幕那天，她来到了展览中心。她即使不参展，也会来参观的，想向别人学习。她没有穿自己标志性的黑外套，而是换了一件蓝灰色的纯棉裙装。在即将走进展厅时，她收到了泉的短信。泉向她表示祝贺，说很希望来看摄影展，不过他必须加班，好遗憾。晨槿回复自己也感到遗憾。远远地，她看到了挂在醒目位置的《婴儿瀑布》，正要走近，突然一个熟悉的背影挡住了视线，那是淼！她停住脚步，似乎法庭早给她下了禁令，不准在离淼一百米的范围内出现。许多人从她面前走过，她仍立在原地，即使洪水在此刻涌来，她也无力挪动身体。多少日夜的思念，似乎都被坚实地印在了那个背影上。她的痛苦和绝望的目光，也都在上面一一留下痕迹。她不知是期待淼回头，还是不回头。淼好像没有什么大变化，穿一件旧牛津衬衣，还是几年前她给他买的。淼终于挪动脚步，慢慢地离开了。

晨槿定下心来，看完了摄影展。她刚走出展馆大门，从正面撞见了淼。他的背影没有变，眼神却像被风沙袭过的池塘，有了沧桑的杂质。淼先开口了："我猜今天会碰到你。"晨槿低头不语。心里想，为什么他偏偏要在这时出现？5 月的阳光照在她裸露的手臂和小腿上，亲密得暧昧。身体中的欲念被唤醒，林间嫩笋般纷纷探出头来。她不知所措。那一瞬她可以去亲吻路边的松树，何况是树旁有血有肉的淼。

淼建议到对面的一家甜点店坐坐。店是一位葡萄牙人开的，虽然没有"老婆蛋糕"，但有晨槿喜欢的奶油杏仁蛋挞。淼还记得她的喜好，从来没有忘记过。对于紫嫣的口味，他需刻意去记，还常常搞错，他把这种遗忘归罪于年龄。晨槿身不由己地随他走了进去。店里是安静的。侍应生端来咖啡，把装在碟子里的杏仁蛋挞摆到晨槿面前，就躲到了柜台后面。历史总是上演惊人相似的一幕。多年前，少女晨槿和少男淼在一家甜点店向对方奉献了初吻。淼给自己的咖啡加了很多牛奶。晨槿见了，忍不住微微一笑："你还那么怕苦！"淼第一次吃苦瓜时，曾夸张地嚷着要洗胃。淼答道："我希望你不是一语双关。"他转移了话题，"你在摄影上进步很大。"

晨槿拍摄瀑布的初衷之一，是为了忘记淼，没想到她的作品却换来了淼的关注。开弓没有回头箭，但是射中的靶心常常出人意料。淼接着替母亲向晨槿道歉，母亲向鲁迪施加压力，使她失掉了工作。砸碎别人的饭碗，从来都是残酷的。晨槿不想开始一场道歉的游戏。这样的游戏一旦开了头，就会没完没了地进行下去。她要因砍伤于琇再次道歉，他还要为母亲起诉她道歉等等。

晨槿告诉淼，她住在离芬奇地铁站不远的一幢公寓楼里，那里房租比较便宜。淼还住在老地方。紫嫣在取消婚礼后，就回国了。她不像一般女孩子那样，整日委屈地以泪洗面，而是风风火火地开起一家淘宝店，忙得颠三倒四。她还有许多应酬，和同学朋友聚会，见客户，很少有时间和淼通话，似乎把他抛在大西洋的这一岸。淼开始怀疑她的爱情，掩饰不住失落。晨槿拿起蛋挞，小口小口地吃着，不知其味。坐在自己面前的这个男人是谁？她的前夫，紫嫣的现任丈夫。这是她向往过千百次的重逢吗？她向往过扑在他的怀里痛哭，把所有的眼泪都抹到他的衬衣上；或者拉起他的手，一起离开加拿大，和所有的亲友断绝来往，到一个陌生的地方开始全新的生活……于琇千方百计地把她和淼分开，在这场漫长的争战中，难道唯一可以宣称为战利品的，不就是淼吗？难道这不是她重新拥有淼的机会吗？很多疯狂的想法在她的脑子里转来转去，但她的脸色波澜不惊。

分手时，淼小心翼翼地问："给我你的手机号码，好吗？"她犹豫了片刻，报出自己的号码。淼在把号码输入手机时，几次按错了键，最后又读了一遍，以确认无误。

对于晨槿，在很长一段时间里，淼的名字都是杀死睡眠的药，那一夜更不例外。

晨槿接到淼的电话，是在加拿大国庆节的那个长周末。对于独居的她，长周末是最难熬的。有家有男人的女人们，去海边或者湖边游玩、度假，而她窝在公寓里，修理那些永不完美的图片。淼说他在整理家里的东西时，发现了她的一些老照片，认为自己无权保留。他下午两点要陪客户看房子，房子离晨槿的公寓不远，看完后可以顺便交给她。晨槿在电话的另一边足足沉默了半分钟，终于鬼使神差般答应了，还把地址通过短信发给了他。

淼到了她的公寓楼门口时，给她打电话。她露面了，接过淼递过来的一个牛皮纸信封，从里面拿出几张老照片。她一张张地翻看，不由得百感交集起来。其中一张是她读高一时照的，在那一年，她认识了淼。她梳马尾辫，穿一件小方格衬衣，清新得像一株初春季节刚种下的小树。她对淼突然依恋起来。在这世上，没有哪一个人比他，更能做证她曾拥有的青春和真诚。公寓楼门前人来人往。有几位邻居直接地间接地打量淼。晨槿一向独来独往，任何在她身边出现的异性都会引发好奇。她终于说："你要是有空，到楼上坐坐吧。"淼露出了会心的微笑。

两人走进晨槿的公寓后，锁好门，就把整个世界关在了门外。他们迅速地拥住对方，把暴雨般的吻泼洒到对方的唇上、脸上、身体上。淼迸发出炽热如炬的激情，仿佛回到了二十几岁的年纪，踉跄地疯狂地做爱。他像一位时光魔术师，在一瞬间就把前妻变回了情人。晨槿坐监时早把欲望的猛兽关进了牢笼，猛兽一旦被释放，便会横冲直撞，即使毁掉所有的花草树木也在所不惜。两个人的身体发烫，却任凭欲念升温，明天似乎就是世界末日，饮鸩止渴，也心甘情愿……在高潮之后不久，淼开始了和风细雨的温存，晨槿又一次绽开了重重花瓣。她和淼做爱是熟悉的、舒适的，最重要的，她卸去了从前的心理重荷，不再承担为陈家传宗接代的责任。

淼的母亲因为妹妹生病，回国了，紫嫣仍不肯回多伦多。淼的生活空荡，晨槿的生活也空荡，两人以彼此来填补。淼背叛了母亲，也背叛了紫嫣。他和紫嫣虽说只办了半截婚礼，可多伦多市政府发的结婚证书是齐整的，是法律上认同的夫妻。于琇要是发现了晨槿和淼的私情，就会告晨槿“勾引罪”，她比加拿大的法庭更强大。晨槿注定了是陈家的罪人。负罪感又像钝刀刻木般耐心地折磨她。她把头埋在淼的臂弯里，闭上眼，为自己营造一小片温暖的黑暗，久久地沉溺其中。

在整个夏天，晨槿和淼都躲进一个虚幻独特的世界里，像灯泡里两根断了许久的钨丝，拼力摇晃了几下，非但没有折断，又连接到了一起，并发出耀眼的光芒。

6. 当事人于琇

于琇在国内时，专程坐火车几个小时去看望紫嫣，还给她带了一大包名牌化妆品。紫嫣见到老太太气喘吁吁、满面风尘，有些动容。她因淘宝店生意不景气，心灰意冷，开始怀念加拿大的新鲜空气和碧蓝天空，当然还有淼和陈家的三层靓屋。于琇一脸真诚地说，陈家的大门是永远向你敞开的！于琇知道自己的这句话，是在火苗复燃的炉膛里，添上一把干柴，紫嫣想不热烈都难。

紫嫣是个容易被说服的人，这也是于琇选她做新儿媳的重要原因之一。

其实，于琇在晨槿刚和淼谈恋爱时，对她有几分喜欢。晨槿家境不错，本人形象“出得厅堂，下得厨房”，既不虚荣，也不张扬，不会给儿子带来压力。于琇最不希望的，就是儿子娶个媳妇，背上一座泰山。可惜晨槿徒有其表，不能生养。

那一年，玢生了儿子。国家要求计划生育，一个家庭一个孩子，大多数女人梦想生儿子，传宗接代，玢一举做到了。玢的全家在酒楼里摆满月酒，请了几百亲友，自然包括于琇全家。当时玢的丈夫在大学里教书，玢在机关里当秘书，经济上并不宽裕，但即使借债也要与亲友共庆。在酒楼里，于琇抱过玢的宝贝儿子，眼圈立即红了，嘴里叹道："我要是能抱上孙子，死也心甘了！我们家的媳妇，也不知道出了什么毛病，总不见动静。"她仿佛发动了一场无声竞赛，引得周围人争相把锐利的目光射向晨槿，寻找她与众不同的地方。也许于琇对她苛刻了些，可她为什么不能争口气生下个孩子呢？人活着不就是一口气吗？

于琇要一个孙子或孙女。谁没有这原始的愿望？大多数人愿望成真，可偏偏她倒运。她心里存着的怨气，像酝酿多年的一座火山，时有迸发。那一天在万锦市的家里，当她和晨槿发生肢体冲突时，她没料到自己有那么大的力气，几乎使晨槿窒息，火山终于得到了毁灭性的爆发。在审判晨槿的法庭上，她在听泉播放中文证词时，惊讶得几乎跳起来。她熟悉证人们的名字，这些人以前对陈家无后的现实表示过同情，但此刻居然站在了晨槿的立场上。于琇曾诅咒晨槿被终身囚禁，但她只被判了一年徒刑。加拿大的法律过于宽松，让她差一点成了漏网之鱼。

于琇在社区的图书馆里，认识了当管理员的紫嫣。紫嫣不像其他移民后代，读名牌大学，进入法律、医疗或工商领域。她快活简单，身体健康，精力充沛，一看就是生儿育女的好胚胎。于琇在和紫嫣的闲聊中，得知她的母亲早逝，就对她表现出几分母亲般的疼爱；听说她的父亲准备换房，又及时地介绍淼认识紫嫣，还嘱咐淼即使赔钱也要帮紫嫣的父亲买到一幢理想屋……后来的情节水到渠成……淼向紫嫣求婚，紫嫣又蹦又跳地说"YES"。

于琇没有料到，晨槿在出狱后，竟大摇大摆地出现在儿子的婚礼上，搅起一场风波，让自己在众人面前丢尽脸面。她发誓要把紫嫣替淼找回来，恢复她设计多时的美好的家庭牌局。

她从国内回到多伦多，立即嗅到了淼身上的独特气味。直觉告诉她，那是晨槿的气味。她一手养大的淼，熟悉他的一举一动，没有什么能逃过她的眼睛。她怒火中烧，但不动声色。淼找出各种各样的借口和晨槿幽会，每次幽会后回到家，都尽量避开母亲的目光，像一个逃学的孩子，但他心里明白，他的“罪过”比逃学严重得多。家里的空气中缺少宽容的氧气，似乎点燃一根火柴，就会引爆整幢房子。于琇偷偷查看他的手机，证实了自己的猜测。淼发给晨槿的短信是缠绵的，让她读着脸红、恶心。她在厨房里转来转去，思考对策。在晨槿出狱后，于琇盼着她离开多伦多，从儿子的生活中彻底消失，谁料到她不但没有消失，却顽强地爬回来，“阴魂不散”，占据淼的心。

在淼过生日那天，于琇早晨在他临出门前，特地嘱咐他早点回家吃晚饭。她花了一整天的时间准备，煲汤、炖肉，做的每一样菜都是他最喜欢的。没想到儿子在6点钟左右打来电话，说临时陪客户看房，要晚一些回家。他又在撒谎！于琇放下电话后，手还在颤抖。在这场没有硝烟的家庭战争中，她必须要采取策略。淼和晨槿离婚是她的胜利，怎么可以拱手把胜利成果再归还给敌人？

淼其实是在晨槿的公寓里庆祝生日。晨槿做饭的手艺一般，但那天超常发挥，令他大加赞赏。晨槿是业余艺术家，比普通女人更懂情调，而情调这东西后天难以培养。她在方桌上铺了白台布，点上散发香草味的蜡烛，还把一枝新鲜的红玫瑰插到一个细颈的玻璃花瓶里，摆到了两人之间。淼恋恋不舍地离开晨槿的公寓，一路上回味两人的温存，回味失而复得的幸福。

回到家时，已是10点过一刻。淼习惯地打开灯，正准备悄悄上楼，却听到了一声严厉的咳嗽声。母亲坐在起居室的沙发上，像一尊历经风雨沧桑的雕像。她看到他，立即拿起咖啡桌上的西式切肉刀，把刀尖对准自己的心脏。淼突然从温柔乡中惊醒过来，出了一身冷汗，上下牙磕碰，终于挤出一句问话："妈，你干什么?"母亲说："你要不断绝和晨槿的来往，我就死给你看!"没有什么能逃得过母亲的眼睛，淼暗叹。"妈，你不要这样!"他带着哭腔，声调已开始妥协。母亲说："你是我唯一的亲人，全部的希望，现在你背叛了我，我活着还有什么意思?"淼似乎深陷孤岛，被洪水围困，还竭力守护自己的领地："你……你也要替我想想……""你到底答应不答应?"母亲步步进逼，把刀尖又向心头挪近一寸。淼败下阵来，在和母亲的博弈中，不论晨槿，还是他自己，永远都是输家。淼把刀从母亲手中拿过来，放回到厨房里的刀架上。她乘胜追击，要他立即发一份短信给晨槿断交。他哀求母亲等到第二天，但她果断地摇头，要求速战速决。淼迫不得已，给晨槿发了一封短信，随后走进了自己的卧室，一头栽倒在床上，闭上了眼睛，等待一个无眠长夜的来临。

晨槿在收拾餐桌时，听到手机发出短信铃声，微笑着拿起来，猜想是淼发来的。果然如此，但不是甜蜜地道"晚安"，而是说"悔恨"和"再见"。爱过了，说悔恨，是好悲哀的事情。她和淼这两根短促地连接在一起的钨丝，又断开了，陷入完全的黑暗。她把黑莓手机扔到桌上，撞翻了小花瓶，花瓶滚落到地板上，摔成了碎片，割破了红玫瑰，水泼洒了一地。她退到了床边，坐下来，全身像被电棒击中般发抖。当年她在拘留所度过第一个夜晚时，也曾这样发抖。只不过，那一夜她失去的是珍贵的自由；这一夜她失去的是泣血的爱情。

于琇寄给晨槿一封信。信是手写的，字大如斗："淼小时候身体弱，我四处寻医，不惜一切代价，治好了他的病。你没有生养过，不会理解。女人的精力有限，顾及了儿子，就忽略了丈夫，结果我的丈夫有了外遇。我不肯原谅他，决绝地和他离婚。一个单身母亲抚养儿子长大，这期间的辛苦你难以想象！我一直拖到淼读大学后才再婚。我的愿望是抱上孙子、孙女。遗憾的是你摧毁了这个愿望，所以你必须从我的生活中退出。同为女人，将心比心，你能责怪我吗?"

她可以想象晨槿会脱口回答："我不能责怪!"她在黑暗中满意地轻声笑了。

7. 到纽芬兰去

晨槿失恋，凯琳生病，迈克尔背叛，圆圆退出，使得"重瓣花俱乐部"陷入了沉寂。纳塔莉娅不愿俱乐部在沉寂中毁灭，也厌倦了沙龙式的操作，策划把它推向社会，制造一些响声。她一向活跃，参与过各式各样的抗议活动。有一年，多伦多的一名警察对一个强奸案的受害者妄做评论，说受害者穿着暴露，"诱惑"了强奸犯，点燃了众多女性的怒火。纳塔莉娅参与组织女子们上街游行抗议。游行当天，几千女子裸着上身走在大街上，白花花的皮肤在阳光下耀眼发光。围观者把街道堵得水泄不通，众多国际媒体争相报道，最终，那名警察不得不在电视上为自己的不当言论正式道歉。

纳塔莉娅在"脸谱网"上为重瓣花俱乐部设置网页，链接其他国家的不孕者组织，很快就有了众多追随者。她在俱乐部的聚会中，宣布要通过"脸谱网"发起一场派对，为"不孕者"赢得社会尊重，要让所有的人明白，不孕者同样有血有肉，不是怪物或废物。她的提议得到了大家的支持。纳塔莉娅立即行动，发出派对邀请，出乎意料地得到了多人转发。

凯琳在系列化疗之后，休养了六个月，恢复了一些精力，头发也长了出来。她手上已积压了十几桩案件。身为安省著名的刑事犯罪辩护律师，新客户还不停地慕名而来。经不起客户们接二连三的焦灼敦促，她回到了工作岗位。多年来，生活是一连串大大小小的战役。在法庭上，与形形色色的检察官激辩，是战役；在法庭外，应对精神上、物质上的种种困难，也是战役。胜负乃兵家常事，但胜多败少。即使在失败时，她也常能迅速反弹。

在派对当天，凯琳被突发刑事案件缠身，不能出席。玛莎要照顾两个孩子，也无法到场。鲁迪应纳塔莉娅之邀负责摄影，一下班就赶到了聚会地点士嘉堡公园。晨槿帮纳塔莉娅发放食品，忙得不亦乐乎。最初纳塔莉娅安排人发表讲话，呼吁全社会停止歧视不孕者，后来讲话声便被人群的吵嚷声遮盖了。她预计有两百“无孩贵族”出席，结果从四面八方拥来了将近两千人。饮料被喝光了，烧烤和小吃也被一扫而光。到了晚上 9 点，还有新面孔不停地出现。先到的人不肯离开，四周开始人满为患。随后“派对动物”出现了，甚至还带来了各种酒。在公园里聚会喝酒不合法，他们就把酒兑进果汁瓶里。“派对动物”对形形色色的派对，嗅觉比警察局的猎狗还敏感。他们不挑主题，不介意地点，只在意酒和音乐；他们肤色、年龄不同，但同样热爱狂欢，一个晚上赶几场派对，直到黎明才肯回家，用夜晚的刺激，来应对白日的枯燥。他们绝不是无业游民，有的甚至还在大公司拥有高层管理职位。他们就把“无孩贵族”的派对演变成了宣泄情绪的狂欢。他们无节制地饮酒，把音乐从抒情的乡村歌曲转换成激昂的摇滚，并把音响的音量调到最大；丢下了一贯的斯文，乱扔垃圾，搞得地面一片狼藉。

纳塔莉娅喝得有些过量，把盘起的长发散开了，在音乐中，不停地撩起波斯米亚风格的长裙，半疯半癫地舞蹈。晨槿不习惯这样的场面，开始闹头痛，冲着她叫喊：“食物早被吃光了，我完成了任务，准备回家啦！”纳塔莉娅急忙摆手：“不要走！狂欢才刚刚开始！”众人很快冲过来，分开了两人，围着纳塔莉娅跳舞。她原本喜欢受人瞩目，这一次被众星捧着，更仰起月亮般的脸庞，情绪愈加高涨。空气中飘散着甜丝丝的气味，显然有些人开始吸毒了。天空由青灰踱向黝黑，四周灯光昏暗，人们在夜幕的掩饰下肆无忌惮。派对失去控制，像一辆无人驾驶的火车，朝着山坡下滑去，但山坡下似乎排放着巨型汽油罐……在两首歌曲的间隙，一声尖锐的枪响刺破了昏睡的夜幕。几个凶猛的黑人少年举着冒着白烟的手枪，在人群中奔突，搜寻自己的目标。人们愣了一下，随即发出惊恐的惨叫，开始抱头逃窜。晨槿被人群推挤，头发被扯住了，脚被踩到了，从上到下钻心地痛，被求生的本能控制着，拼力防止自己跌倒。她远远地看到鲁迪倒下了，就叫喊他的名字，不顾一切地奔到他的身边。他显然中弹了。他的心像一口突然被掘发的井，血水汩汩地涌出来。她双膝果冻般地软下来，跪到了地上，用他的衬衣去堵截鲜血，但毫无效果。她拿出手机，用颤抖的手指拨动了911急救电话，按每一个键似乎都比推倒一座山还难……

警察和急救人员很快赶到了，可已无力回天。鲁迪抱着自己心爱的相机，永远停止了呼吸。据警察调查，那几个黑人少年属于帮派组织，在派对中寻找仇人，胡乱开枪，打中了完全无辜的鲁迪。玛莎和贾斯丁被这个噩耗击倒了，小紫罗兰在襁褓中失去了父亲，凯琳和迈克尔陷入深重的哀伤，不堪白发人送黑发人的生离死别；晨槿在很多个夜晚里从床上爬起来，试图洗净手上残留的鲁迪的血迹；纳塔莉娅追悔万分，关闭了“脸谱网”上俱乐部的网页，也不再出席任何派对。她说，假如她没有举办那场派对，鲁迪也会平安无事。重瓣花俱乐部的成员们，甚至整座城市都为鲁迪悲痛。人们在鲁迪中弹的地点摆满了鲜花，并发起了新一轮的禁枪运动……

凯琳去医院复查，发现癌细胞像一群怪异的蚂蚁，在她的血管里肆虐地迁徙、繁衍，直到把每一个角落都占据。她去美国看了几位顶尖的治癌医生，得到的答复是一致的：医学已经无能为力。她一再问那天底下医生最不愿回答的问题：还剩多少日子。一位年轻医生被追问得急了，终于艰涩地吐露实情：三到六个月吧。这时她知道，在生命中的最后一场战役中，她被永远剥夺了反弹的机会，即将败下阵去。当结局已如冰山，露出了平素藏在海面下的躯体，余下的情节就变得简单起来，那就是如何失败的优雅。

凯琳约了玛莎、晨槿，还有纳塔莉娅到海湾街的一家咖啡馆见面。那是一个初暖乍寒的日子，咖啡馆本年度第一次向顾客开放露台座位。坐在露台上，可以看到来往的行人。女孩子们扎着鲜艳的丝巾，露出裹藏了一冬的白嫩长腿，映亮了整条街道，而凯琳像一株被冬雪彻底打伤的草，再得不到春天恢复生机的许诺。她和盘托出自己的决定：回老家纽芬兰，在那里度过最后一段日子。她计划卖掉在多伦多的房子，开走自己的SUV越野车。在纽芬兰没有车几乎寸步难行，何况她对那辆车有些感情。她将从多伦多出发，驾车上千公里到新斯科舍省的北悉尼港，然后把车开进巨型的大西洋轮渡，随轮渡穿越大海；到达纽芬兰后，再驾车几百公里，抵达老家，一个名叫“碧湾”的小渔村。这是一个雄心勃勃的旅行计划，健康人都会对此望而却步，何况她是一个癌症晚期的病人。

她刚一讲完，玛莎最先发声：“绝对不行！”玛莎神情激动，脸上细白皮肤下的蓝色血管明显地膨胀。纳塔莉娅立即附和：“我也坚决投反对票！”晨槿吃惊地望着凯琳，用眼神探寻她的真实想法。凯琳一字一句说得清晰无比：“请尊重我的决定！”玛莎和纳塔莉娅沉默了。凯琳多年来以说一不二的性格著称。她一旦打定主意，很少有人能说服她。玛莎咬咬嘴唇，轻声说：“我陪你回去。”纳塔莉娅摆了摆手，表示反对。玛莎刚遭遇丧夫的不幸，还要照顾一双年幼儿女，怎么可能离得开？在纳塔莉娅负责的众多孕妇中，有六个即将临盆，她也无法脱身。

这时晨槿说："凯琳，请让我陪你回去吧。"

三个女人同时把惊讶的目光转向晨槿。她在出狱后，又遵守判罚，每星期从事一天社区劳动，做满了两年。一个月前，她终于卸去刑事责任，不必再向矫正官报告，也可以离开多伦多长期旅行，真正恢复了自由人身份。她说，她目前在咖啡馆里做半日工，没有稳定的工作，在多伦多没有亲人，正考虑搬离这个伤心之地呢。在选定下一个居住地之前，出外旅行有益无害，何况她渴望享受自由，她难道不是凯琳的最佳旅行陪伴吗？三个女人心里都明镜般清楚，在多伦多没有亲人这句话，有一半不真实。晨槿的前夫淼仍在此地。她和他之间的感情，不像电灯，可以通过小小的开关轻而易举地点亮或熄灭。纳塔莉娅俯视晨槿，叹了口气："我可怜的小晨槿，心碎了。"玛莎伸出手，轻轻搂住晨槿的肩头，眼神里流露出感激。晨槿心里有更深一层的感情，如果没有凯琳，她至今可能还在坐牢。她的自由是凯琳拼力替她争得的，她欠凯琳一份情，现在不报答，还待何时？她不愿在凯琳离世后，在无数个夜晚辗转反侧，承受悔恨的煎熬。她的心盛满了悔恨，再多一份都可能导致衰竭。

凯琳想自己在多伦多生活了四十年，留下许多美好的回忆，谁料红尘弄人，最终会和晨槿一样，把这座城市看作伤心之地。迈克尔在多年里曾是与她最亲近的人，但他已和圆圆结婚，还使圆圆怀上了他的骨肉。凯琳姑且不谈健康的原因，有一位同伴一起远离，在精神上终究不会太孤寂吧。她终于点了点头，答应了晨槿的请求。

凯琳在出发前，从她供职多年的安枫律师事务所退休，也结束了和晨槿之间律师与当事人的关系。她卖掉了房子，精选几件家具送给玛莎，把余下的捐给了慈善组织。她了解晨槿捉襟见肘的经济状况，主动支付两人的旅行费用。她有足够的储蓄，何况不必再节省。离死亡越近，金钱就越快褪色为废纸。她还把晨槿的名字加入自己的汽车保险。

两人驾车抵达北悉尼港后，乘大西洋轮渡开始了长达十五个小时的航行。轮渡像一座移动的白色城市，气度不凡，设有船舱、餐馆、酒吧、娱乐室等，载客超过五百人，载车愈两百辆。

大海一旦出现，自然是无可争议的主角。周边陆地殷勤地铺展舞台，无瑕的阳光照耀，蓝天白云化作背景，草木鲜花变为羞涩的道具。大海露出天使般的面孔，缓缓地张开光滑如丝的翅膀。航行海上，恍若置身于天使的怀抱。

晨槿和凯琳并排站在船头的甲板上，眺望大海和天空。虽是初夏，晨槿的脸已被晒成了小麦色。她穿戴的棒球帽、长T恤、紧身牛仔裤，一律是毫不含糊的黑色。凯琳天生皮肤白皙，因少见阳光，略显苍白，但一身鹅黄休闲装鲜艳得几乎喧哗。两人在不经意间形成了色彩对比。在晨槿的记忆中，凯琳永远着职业装，梳简单利落的短发，但这天她没有用电梳拉直头发，任银色的天然卷儿随风飞扬，多了几分随意和亲和。她说："我们不要急于去碧湾，先在纽芬兰各处转转，我想和你一起看看风景。"

晨槿以前乘河船都头晕，这是她有生以来第一次坐海船，不免有些紧张。她早早准备了晕船药，但因为风无影浪无踪，就没有服下。大海与天空像一对欢喜冤家，天空晴朗时，大海也温柔。突然间，天空蒙上了乌云的盖头，狂风刺耳地嘶号，海水毫不迟疑地呼应，抛起波浪，猛力击打船舷。一个海浪兜头泼下来，立即打湿了她和凯琳的全身。两人同时倒退了一步。晨槿暗想，自己被大海天空一时的晴朗温柔欺骗了。她舔了舔嘴角的海水，海中的盐分经年累月不被蒸发，使海水变咸。为什么眼泪也是咸的呢？是因为心底苦涩的凝聚吗？庞大的轮渡居然开始在巨浪中颠簸。晨槿头晕眼花，脸色像海浪溅起的泡沫般惨白。凯琳注意到她的异常，问："你没事吧?"她摆了摆手，却不敢讲话，担心一张口，就会呕吐出来。凯琳建议进到船舱里去。晨槿刚一挪动脚步，就踉跄得几乎跌倒，幸好被凯琳扶住了。

两人回到船舱后，晨槿就着一杯矿泉水，把晕船药吃了下去。凯琳说："你会难受一两个小时，睡着就好了。"晨槿躺倒在床铺上，但床铺随着波浪不停地摇摆，使她难以安歇。似乎有人在她背上压了一块石头，迫使她稳定下来。过了不久，她一丝都动弹不得，本能地开始挣扎。她勉强睁开双眼，发现自己蜷着身，两手两脚被粗麻绳捆绑，困在一个狭窄的竹笼里。从竹片的缝隙间，她看到了乡下一条扬尘的土路，还有一座晨雾隐晦的池塘。她想惊叫，但嘴里被塞着毛巾，发不出一点声音。一群蒙面人踢踏着脚步走来了，高矮胖瘦不同，蒙的却是同样的黑头巾，只露出暗幽幽的双眼。其中四个高壮的把竹笼抬起来，上了路，其他人无声地跟随。一个抬竹笼的蒙面人，低声问另一个："这女人犯了哪一条?"另一个低声嘟囔道："七出中的第二出，无子。不孝有三，无后为大。"一行人走近了大海，把竹笼撂到沙滩上。海浪呼啸着迎面扑来，溅湿了晨槿的全身。她尝到了海水咸咸的滋味，怕被众人抛进大海，拼命地伸脚挣扎踢打……一只手拨开了竹笼门，按住了她的肩头："醒醒，晨槿，你做噩梦了。"是凯琳的声音。

晨槿吃力地睁开眼。凯琳站在她的床铺边，正关切地望着她，随后递给她一杯水，又拿来面巾纸替她擦干额头上的冷汗。晨槿喝了水，定下了心神。她陪同重病在身的凯琳旅行，反倒让凯琳照顾，不由得惭愧起来。凯琳说：“你心里还有很多恐惧。”她点了点头。恐惧是身后的影子，不管她在路上怎样狂奔、改道，都摆脱不了。凯琳善解人意：“其实每个人心里都有恐惧，所以我们经常需要拿出勇气。”

晨槿昏昏沉沉，一直挨到了早晨。当她再次睁开眼时，窗外的大海已摘掉了恶魔的面具，在朝阳下恢复了温雅。她起床后，有些头重脚轻，随凯琳来到餐厅，喝了一杯纯正的橙汁，立即清爽了许多。噩梦醒来是早晨，有时一杯果汁就可以改变心境。凯琳只喝了一杯咖啡，吃了一小片面包。熟悉的海浪声拍打船身，也拍打记忆之门。往事如昨。再过三个小时，轮渡就要抵达纽芬兰，她的神情不由得凝重了。晨槿问：“是不是近乡情怯?”凯琳答道：“离家四十年，从终点到起点，谁能无动于衷?”凯琳疲惫地合上了眼睛。回忆有时是一场辛苦的劳作。

晨槿何尝不是一直被回忆折磨？她一直牵挂着淼。她和他之间似乎还没有一个总结。她曾幻想能把从前发生的一切忘掉，和他重新开始，但幻想破灭了。爱情太长，生命太短。她决定远走天涯。从中国到加拿大，已是远走，但多伦多太喧嚣了，她仍活在华人社区里，活在高楼和汽车中间，她需要奔赴真正意义上的天涯，一个人迹罕至的地方，而纽芬兰正符合她的心愿。虽然一路上颠簸，忍受晕船的痛苦，她还是向往即将抵达的岛屿。

在中午时分，轮渡终于进入了阿真舍港。

晨槿把凯琳的越野车开出轮渡，很快就上了加拿大横贯高速公路。天空被雾笼罩，阴沉沉的，公路似乎永无尽头。她一时不能习惯这样的天气，双手紧张地抓着方向盘，吃力地辨识前方的道路。凯琳注意到了晨槿的精神状态，建议换自己来开，她习惯于应对纽芬兰的大雾。晨槿摇了摇头。凯琳多年不在纽芬兰居住，未必更能适应，她昨夜因为照顾自己，没有睡好，何况她是一个重病人。凯琳不再争执，只安慰道："如果你不喜欢这里的天气，等待一刻钟，它就会变！"她的预言很快得到了证实。雾散了，公路旁的湖水和湖边的五彩木屋逐渐明朗起来。晨槿的心情也变得轻松了，叫嚷起来："湖水好美！"

"那不是湖，是池塘！"凯琳纠正道。

"哪里有这么大的池塘？"晨槿莫名其妙。"我们纽芬兰人喜欢把所有形态的水都叫池塘，即使驾船跨越大西洋，也说是跨越池塘！"凯琳露出促狭的微笑。

"我们纽芬兰人"，晨槿立即敏感地捕捉到了这个词。刚刚踏上纽芬兰的土地，凯琳就迅速地回归了故乡人的行列。

傍晚，晨槿和凯琳抵达了一个靠海小镇。两人在家庭旅馆里安顿了下来。凯琳躺到床上，要先休息一下。晨槿答应替她买晚饭，轻轻地离开了她的房间。她来到海边的山崖上。天空晴好，几乎望不到云的影子；大片的石头在她身旁静默地躺着，它们常年经受风霜雪雨和海浪的冲击，有的泛白，有的穿孔。她和淼之间曾石头般坚固的爱情，同样经不起岁月的侵蚀。此刻，她在距离淼三千公里外的地方，因一块块石头联想到爱情，不得不感叹爱情的莫名魔力，总能无处不在。四周风景如画，置身其中却被忧伤挟裹，是对美景的亵渎。

每一个早晨都是新的。晨槿前一夜因为驾车疲惫，又呼吸了许多新鲜空气，出乎意料地睡得踏实。凯琳经过一夜的休息，恢复了一些体力，眼神也有了光亮。她们又上路了。高速公路上很安静，前后都没有车辆。昨夜的雾散尽了，四周的景色清晰如画。晨槿放松了精神，有暇欣赏风景。路两旁树木葱郁，连绵不断。她想，做一棵树，多简单啊。她们在三一湾吃过午饭，就到海边的山崖上流连。草高盈尺，草间野花遍布，恣意绽放。晨槿从未在同一地方看到这么多野花，白的、粉的、紫的、蓝的……大的如手掌，小的只不过指甲大小，很多她都叫不上名字，凯琳虽远离故乡多年，但对这里的野花仍了如指掌。白的是矢车菊，据说象征幸福；蓝的是蓝莓花，代表对爱情的向往；紫的是吊金钟，还有紫鸢尾花……“你看，我找到了一朵重瓣的木槿花!”晨槿兴奋地嚷道。就这样，她在纽芬兰，和木槿花不期而遇。

她们再次驾车上路。凯琳说：“一直开，开到没有路的地方，就到了 Bonavista（邦纳维斯塔），那里是真正的天涯海角。”天高云淡，海岸上芳草萋萋。晨槿在海边停了车，偶然回头，惊喜地叫起来：“你看，鲸鱼!”凯琳顺着晨槿手指的方向，果然见到鲸鱼从海水中探出头来，在碎金般铺洒的阳光中，跳跃嬉戏。两人跳起来，情不自禁地搂起对方的肩膀，观看鲸鱼不经意的却精彩的演出。

不远处，一座红白两色的灯塔耸立在山崖上，在蓝天下碧海旁，格外醒目。两人沿着草间小路，向灯塔走去。因为一路上坡，还没走几分钟，凯琳就气喘吁吁了，晨槿建议休息一下。两人在岔路旁找到一张双人的木椅坐下来。凯琳抬头凝望灯塔，思绪似乎游离到了大海深处。过了好一会，她喃喃地说：“很多年前，我带迈克尔来过这里。他说，我是他的暗夜里的灯塔。将近三十年朝夕相处的感情，我以为会固若山峰，想不到这么经不起打击。”晨槿说：“我对不起你，我后悔介绍圆圆加入重瓣花俱乐部。这句话我早就想说了，希望你能原谅我。”凯琳摇摇头：“我不怪你，也不恨迈克尔。恨，是一种沉重的负担，甚至可能是一道魔咒，让人头痛欲裂，忽略了生活中美好的感情。”

晨槿想，男人们为解除中年危机，有的买跑车，有的找情人。迈克尔也许想离开固有的生活轨道，寻找新鲜的体验。凯琳似乎理解迈克尔，但理解不能代替情感。在她生命的最后一小段旅途上，她能仰仗理解度日吗？难道她不向往中国人痴信的“执子之手，与子偕老”吗？

8. 过客·归人

晨槿和凯琳终于抵达了碧湾。在小镇的入口处，她们在一家老式的加油站给车加了油，随后走进店铺里付款。一个胡子拉碴的男人坐在柜台内，正百无聊赖地看电视。“吉姆！”凯琳脱口叫道。男人看了一眼凯琳，满脸困惑。“我是凯琳！”吉姆这才醒悟过来，从柜台里走出来，拥抱了她。吉姆衰老、粗糙，衣着邋遢。从他猩红的眼中和疲惫的语调中，不难猜出昨夜的宿醉。晨槿颇费了一番想象的周折，才把他和凯琳的初恋情人联系起来。

吉姆对凯琳回乡有些吃惊。在他的印象中，凯琳早已是多伦多人了。凯琳没有讲自己的病情，只含糊地说回来小住。吉姆说，大约二十年前，加拿大政府下了禁止捕鳕令，他失去了工作。他的灵魂在渔船上。他一下船就成了“废人”，这些年吃政府救济，做些零工，补贴家用，当然免不了借酒浇愁。

走出加油站，凯琳叹了一口气：“没想到回到碧湾，见到的第一个人竟是吉姆！四十年前，我因为他离开了这里。他是我的起点，也是我的终点。”晨槿并不苟同：“可你这四十年中的体验，吉姆无法想象！”

在凯琳的指点下，晨槿把车停在了海边的一幢红房子前。凯琳如释重负般：“终于到家了！”家里其实已经没有亲人了。她的弟弟二十多年前搬到卡尔加里附近，在十年前不幸死于工伤。几年前，她的父母先后去世，把红房子留给了她。她在离开多伦多之前，已请人维修过。红房子立在一座山坡上，四周栽满了绿树和花草。顺着房前的石阶走下去，便是沙滩。这里的沙滩和加勒比海海岸的不同，粗犷起伏，混合着荒漠的碎石，可背后的大海，却是同样清冽冽的碧蓝。

两人把行李箱搬进了红房子。凯琳住主卧房，晨槿住客房。晨槿劝凯琳午睡，由自己来整理行李。凯琳一觉睡到了傍晚，醒来后，恢复了些精力，建议去“临海酒吧”听民歌演唱。“临海酒吧”坐落在面向大海的一间木屋里。灯光轻泻在原木的桌椅上，不像多伦多酒吧里的霓虹刺眼地闪烁。酒吧里聚满了质朴的听众。每人面前都摆着一大杯啤酒。四位业余男歌手们登台了。他们年纪不同，穿的却是同样的棉布衬衣和牛仔裤，似乎在下班后，就直接登台了。他们唱的是鲁迪最喜欢的《纽芬兰之歌》：

她是大海中布满岩石的岛屿，
她遭受海风猛烈的鞭打，
你也许认为她崎岖而寒冷，
但她对我来说是家，甜美的家。

晨槿看到了凯琳眼角的泪痕。凯琳说：“一日是纽芬兰人，就终生是纽芬兰人。鲁迪当年虽然去了多伦多，但一直想念家乡。”其实从晨槿踏上纽芬兰岛那刻起，鲁迪的名字，就像一只海鸥在她的心空低低地盘绕着。

晨槿和凯琳在碧湾渐渐安顿了下来。这里的生活节奏缓慢。居民们对高科技并不热衷，似乎还停留在20世纪70年代。在餐馆里，人们不像大城市人那样用手机疯发短信，只专注于和对面的人交谈。放慢生活的脚步，在安静的地方舔舐伤口，正是晨槿所渴望的。但一枚硬币永远有相背的两面。在这相对封闭的地方，衣食住行远不如大城市方便，尤其是饮食，最让她头痛。小镇只有一家方便店，里面卖的大多是冷冻食品，不供应凯琳喜欢的新鲜蔬菜。

晨槿选了一个晴朗的早晨，一个人驾车上路，准备到三十公里之外的镇上购物。她注意到路边的标牌：咖啡馆有无线上网，心动了一下。碧湾的网络系统出故障，她很多天都收不到链接信号，与世界失去了联系。人是多么矛盾的动物，深陷喧哗城市时渴望逃避，逃避了之后又忍不住怀念城市的喧哗。她离开高速公路，把车停在了咖啡馆门口，在买了咖啡后，几乎有些迫不及待地用苹果手机连线上网。她耐着性子把电子邮箱的垃圾一一删除，随后登录“脸谱网”，淼和紫嫣的一张最新合影触目惊心地跳出来，那是由紫嫣和淼的一位共同朋友转发的。合影是在多伦多一家游乐场拍的。紫嫣把脸从一张长颈鹿面具中探出来，笑得十分搞怪。她显然回到了淼的身边。晨槿试图从淼的神情中捕捉他的内心，但他神情平淡。无论如何，这一次他真的开始新生活了。

晨槿重新上路，恍恍惚惚地到了超级市场，看到绿菠菜红番茄，心情安定了些。这是她眼前的生活：远离淼，远离过去。在回碧湾的路上，雾从天空大片地铺下来，随后暴雨倾盆，似乎要将世界重新清洗一番。她不得不把车停在路边。好不容易挨到雨停雾散，车却发动不起来了。她站在高速路边向过路车挥手请求救助，终于等来了一辆警车。警察是位年轻人，打电话帮她叫来了专业拖车人。拖车人外表凶神恶煞，她惴惴地不愿上他的卡车。警察看破了她的心思，笑了，说拖车人是他叔叔，值得信任。当卡车靠近红房子，凯琳正坐在露台上焦灼地张望，见到她，立即跳起身，踉跄地扑过来，把她搂进怀里，喊道：“我担心死了！”两人相拥而泣，把对彼此的依赖都泄露了出来。

夜里，晨槿躺在床上，闭上眼，可淼和紫嫣的合影一直在她眼前晃动。她开了床头灯，跳下床，从行李箱的夹层里，找出了淼送给她的“爱心石”。她穿着睡衣悄悄走出了红房子，拾级而下，来到海边。天空被巨大的墨布遮盖着，星星稀落，但颗颗明亮。她蹲下身，把“爱心石”投进了海水里，竟没击出任何声响。相对于博大壮阔的海，一块巴掌大的石头太渺小了。她疲惫地回到房间里，一头栽到床上，身子岩石般重，心却是轻的，轻得可以顺水漂浮起来。

当天空的墨布被太阳重新揭开，早晨窗外的海和山清新如洗。凯琳似乎恢复了些精神，在梳洗齐整后，对晨槿说：“我们去墓园逛逛吧。”口气似乎轻松随意。

碧湾像纽芬兰的许多小镇一样，拥有两座最醒目的建筑：一座是基督教堂，一座是天主教堂。两家教堂相对而立，中间只隔一条小径。教堂背后是各自教徒的墓园，墓园四周被人用木栅栏小心地圈起，泾渭分明。基督教徒的栅栏是红的，天主教徒的栅栏是白的。两座墓园一律面向大海，拥有小镇上最佳的风水。

十年前，凯琳和迈克尔在多伦多郊外合买了一块墓地，甚至还选好了墓碑。因为凯琳爱树，他们特地把墓地选在一棵枫树下。他们一心准备相偕到老，还要在另一个世界里继续相守。要不是因为圆圆，他们不会改变初衷。凯琳听晨槿说过，“圆”在汉语里的意思是 Circle，把迈克尔圈进去的充满魅惑的 Circle。凯琳和迈克尔共同生活了三十多年。如果世间感情真能量化，她对他的美好感情比怨恨要多得多。两人在分居时，详细讨论了共同财产的分割。凯琳主动提出把墓地分给迈克尔，猜想他会把曾属于自己的一半送给圆圆。迈克尔比圆圆年长得多，如果不出意外事件，他要住进墓园后寂寞苦等几十年，圆圆才会入住。这大概是娶少妻的代价之一吧。

凯琳和晨槿走进了基督教堂。一位年长的牧师正坐在木椅上埋头书写，听到脚步声就回过头来。凯琳立即唤出他的名字：“亚伯拉罕！”他皮肤粗糙，面色红润。头发花白弯曲，近似海水中泡沫的颜色和形状。如果他不是穿着白色的牧师长袍，晨槿会把他错认为渔夫。他站起身，温和地说：“你回来啦。”语气中并没有惊讶。多年来，碧湾人离开故乡，迷醉于大城市名利场上的灯红酒绿，消耗了青春和激情，最终落叶归根，早已不足为奇。有的回来得早些，有的回来得晚些。许多人在外省生活和工作不甚如意，退休时没有多少积蓄，卖掉昂贵的房子，在碧湾买一套价廉的木房，就有了余钱安度晚年。凯琳似乎和其他人不一样。她是名律师，生活的得意者。即使她在多伦多退休，也不会为钱发愁。小镇的人放弃了对她回归的等待，但亚伯拉罕认为在精神上回归的渴望，有时比摆脱生活拮据的渴望更强烈。他早已听说凯琳的归来，并期待她的来访。他张开双臂拥抱了她。多少年来，潮涨潮落，他带领一百多名教徒为远行的同乡祈祷，对远行归来的人张开怀抱，也欢迎偶作惊鸿一瞥的外乡人，比如晨槿。凯琳感叹：“看来牧师还保持着多年的习惯，在教徒的座位上准备演讲词。”牧师说：“老习惯啦。要让聆听者接受，得先设身处地为他们着想，才能猜出他们的想法。”凯琳问：“你猜我现在想些什么？”牧师回答：“你想得到一块墓地，但你多年不进教堂了，你在想如何提出请求，既不惹我生气，又能使我认真考虑。”凯琳不无尴尬地一笑：“既然你把我一眼看穿，就请考虑吧。”牧师轻轻点了点头。

晨槿随凯琳离开了教堂，注意到她的神情忧郁，就问：“你愿意花钱，还担心买不到墓地吗？”凯琳回答：“傻孩子，这世上不是所有的东西，都能用钱买得到。”当年凯琳未婚怀孕，到多伦多堕胎，成为小镇的耻辱，从那时起，凯琳的一家就被拒绝进入教堂。岁月流转，教徒们慢慢地变得宽容，丢弃了偏见，但凯琳的父母早已心灰意冷，不再向往重回上帝的怀抱，先后选择了火化。凯琳说：“我父母其实比我勇敢，我怕死后孤单。”

HAAG 4.8 Scheveningen

凯琳的身体一天比一天弱了，开始卧床不起。她变得暴躁，甚至对晨槿发脾气。晨槿此刻是离她最近的人，也最容易受到伤害。不久，牧师亚伯拉罕来红房子看望她。经教徒们讨论决定，她获准在墓园购买一块墓地。凯琳长吁了一口气，情绪立即平稳了，感激地向牧师道谢。

电话铃声打破了红房子里的寂静。晨槿接起电话，意外地听到了泉的声音。泉听玛莎说晨槿和凯琳目前住在碧湾，他正巧要到附近旅游，想顺路看望。晨槿当然欢迎。泉立即问清了她在碧湾的地址，说两天后就会到达。他的声调透露出愉快，像海边教堂里初鸣的晨钟，在空中悠悠地荡漾，把她记忆中他的笑容唤醒了。那一夜她时梦时醒，在一半海水一半火焰间冷冷热热。第二天早晨起床后，她把红房子里里外外打扫了一番。其实不是非打扫不可，但她必须找些事做，来控制思绪的翻滚。不然安大略湖边的夏日暖风就会从记忆中吹过来，还有泉那只青春有力的手，也一次次在她的掌心留下印记。

两天后的下午，泉把车停到了门前。晨槿听到车声，就走出了房门，站到露台上。她特地换上了一件白背心，一条翠蓝色的牛仔短裤，清爽得像山涧的溪流。泉下了车，沿着门前的石板小径向她走来，似乎从多伦多的往事中走来，那是晨槿竭力要摆脱、逃避的往事，可他携带的空气那么清新，竟让她无力拒绝。他似乎成熟了些，见到晨槿，露齿一笑，又泄露出一贯的随意性格。凯琳从红房子里走出来，热情地拥抱他，请他在露台上的木椅上坐下来。他和她聊些家常，并没触及疾病的话题，也没说安慰的话。把凯琳当作正常人来看待，也许是对她最大的尊重。晨槿给泉端来了一杯绿茶，并在他的对面的木椅上坐下来。过了一会儿，凯琳回到卧室里休息，把一大片安静留给了他们。门前的小径上空无一人，在远处的海面上，波光粼粼，几只红嘴海鹦立在礁石上歇息。

泉不是来纽芬兰旅游，而是来读硕士的。他申请过两所大学，一所是位于纽芬兰圣约翰斯市的纪念大学，另一所是位于温哥华的卑诗省大学，两座城市的文化氛围大相径庭，相信会牵引他走向全然不同的生活，结果他被纽芬兰纪念大学录取了。“也许，我暗地里希望来这里吧。”他的语气似乎漫不经心。这个消息给了晨槿一个意外的惊喜，但她不露声色。晨槿想问问他的小女友，那个大眼睛、尖下巴的女孩，是否来陪读，但她控制住了自己的好奇心。她在加拿大生活得久了，知道盘问他人的隐私是可耻的。没想到泉主动提供信息，说他和小女友分手了。神情中没流露出难过，倒显出一种通宵派对后的倦怠。原因既简单又复杂。小女友要求无条件地服从和娇宠，他做不到。世间所有的感情都是有条件的，而平等是第一条。她在经济上拥有绝对优势，就误以为自己时刻拥有绝对的话语权。泉是个通融的人，但他的通融有底线，遗憾的是她冲破了底线。他厌倦了在她的权威下讨生活，希望主宰生活。“原来你也是来纽芬兰逃避现实的。”晨槿半认真半开玩笑地说。泉看定了她：“我是来面对现实的。”他分明加重了语气的分量，让她心头一震，随即暗暗自嘲，他把她当朋友，仅此而已。

转天，晨槿担当起导游角色，带泉一起到 Skerwink（斯科尔文克）风景小路远足。风景小路离 Rexton（雷克斯顿）港不远，时而蜿蜒升上山岭，时而曲折降到海边，山岭上的树木，青得滴翠；海水清澈，见得到岩石的倒影。泉一路上体贴，替她撩开眼前的树枝，又在爬坡时向她伸出有力的手。到了森林中平坦的地段，他大步行走，像一头刚长出犄角的麋鹿，生气勃勃。他的生活似乎才刚刚开始，还充满各种可能性，成家立业，生儿育女，而她长他七岁，对比之下，不免有些暮气了。她和他之间的差异，是一幅沧桑图画相对于一张白纸，不只是年龄上的，还有经历上的。她如果接受他的感情，简直就和掠夺他的青春没什么两样，根本不公平。他也许只是暂时地对她好奇。一个男人在年轻时，都会向往一位年长的女人。经历一位年长的女人，简直就是进一所培训学校，可她哪里有“培训”他的精力？

突然间阴云密布，接着暴雨直击山崖树木。两人找到一个窄窄的石洞，躲了进去。雨没有破坏泉的好心情，他不停地给她讲笑话。雨停时，天也黑了下来。走夜路下山不安全，泉建议夜宿山中。两人从岩石下找到了一些干燥的树枝，燃起了篝火，随后相对而坐，享受一刻的安静。泉突然说：“今天是我姐姐枝的忌日。”晨槿惊讶地望着他。他从未提起过他的姐姐。姐姐比他大六岁，略有残疾。泉的父母获得政府允许，生了泉。枝从技校毕业后，进入一家印刷公司当文秘。枝生得如花似玉，引得老板的追求。起初她并不动心，但老板今天送花，明天送名牌包，攻势不减。她周围的小姐妹羡慕不已，整天劝她和老板谈恋爱。老板有房有名车，又文质彬彬，到哪里去找这样的好姻缘？枝答应了。老板不是花心人，和她谈了一年恋爱，就向她求婚。结婚后，关起门来过日子，甚至谢绝了很多必要的应酬。半年过去了，一年过去了，枝没有怀孕的动静。两人急了，四处求医，求不得一个结果。枝的噩梦开始了。丈夫像变了一个人，开始打骂她。最初是偶尔出手，最后演变为常年虐待。终于有一次，她在反抗时误杀了丈夫，被判处死刑。那一年，泉刚刚走出大学校门。

晨槿在唏嘘之余，暗自思忖，泉是不是因为怀念姐姐，同情命运悲惨的女人，才出现在自己的面前？泉似乎看出了她的心思，轻声说：“我承认最初帮助你，是因为你让我联想到了我姐，但后来我对你了解得多了，就不由自主地想靠近你。”这是一个危险的话题。泉在感情上是顽强的，他似乎发誓要一点点地剥开她的茧，直到她破茧成蝶。她咬住嘴唇，强迫自己陷入沉默。在这样的暗夜，她本能地向往激情的燃烧，可又恐惧燃烧后灰烬的冰冷。

直到泉离开碧湾回圣约翰斯，她硬是咬着牙，不肯吐出一句动情的话。

红房子里一天比一天安静了。凯琳时时忍受疼痛的折磨，一日比一日消瘦、沉默。死亡的刀剑似乎悬在吊扇下，轻轻仰头，就可以瞥见。晨槿请裁缝替她做好了丧服，还买了搭配的鞋子。凯琳把珍藏的一串珍珠项链交给了晨槿，那是迈克尔多年前送给她的生日礼物。晨槿请首饰店的师傅把项链清洗了。粒粒珍珠都恢复了光泽。晨槿清闲了下来，坐到露台的木椅上看书，好半天也读不完一页。凯琳劝她出去拍些图片，分散一下注意力。凯琳口气轻松，倒好像需要安慰的是晨槿，而不是她自己。她拿着相机走出家门，但没有拍下一张。不管她把镜头对准的是地面上的静石，还是天空的飞鸟，眼前的一切总霎时变得模糊。死别，这预料之中的打击，似乎比突如其来的更揪心。她回到了红房子，悄悄走进凯琳的卧室，看到凯琳躺在床上，眼角悬着泪滴。收音机里正播放纽芬兰歌手格雷格·沃尔演唱的民歌：

有时当我哭泣，我的思绪就飘浮到过去的时光，
没谁能告诉我答案，时光为什么流逝得这么快。
……

“没有谁能追赶得上时光，”凯琳说，“我不再梦想将来的生活了，但是晨槿，不要为我悲伤，你要梦想将来，我祝福你。”

凯琳给了晨槿一个名单，请晨槿在自己离世后，按这个名单通

知她的亲友，邀请他们来参加葬礼。她从不热衷举办任何大型仪式，无论是婚礼，还是生日派对，葬礼更要从简。如果哪个人因故不能出席，她也完全可以理解，何况被邀请的人大多住在多伦多。从多伦多到碧湾路途遥远，要乘飞机到圣约翰斯，再开车大约五个小时。名单上的人都是晨槿熟悉的：玛莎、纳塔莉娅、迈克尔、泉，还有两位凯琳多年的同事。泉不能算是凯琳的亲友，却在被邀请之列，这多多少少让她有些惊讶。

凯琳开始卧床不起，进食困难，只好以流食维持生命，后来连流食也咽不下去了。邻镇医院的护士，一位三十几岁的红发女子，每天来访，给凯琳输液，还注射吗啡止痛。剧痛，像大滴大滴的硫酸雨，撕裂凯琳身上的每一寸皮肤，彻骨彻心。凯琳每天恳求护士多加一点吗啡，再多加一点。

在一个秋高气爽的早晨，凯琳永远闭上了双眼。

晨槿打电话给迈克尔时，他正在多伦多总医院。圆圆临产，下身大量出血，刚刚住进医院。按照医生的诊断，她胎盘前置，可能会出现复杂情况。迈克尔抱歉三天后不能到场参加葬礼。他的语调复杂，有悲伤，也有焦灼。毫无疑问，凯琳和圆圆是他生命中两个最重要的女人，但在此刻，他只能选择守候生者。

凯琳的葬礼由牧师亚伯拉罕主持，在海边的基督教堂里举行。玛莎和她的儿女、纳塔莉娅还有泉都赶到了，乡邻也来了近百人。在最后一分钟，迈克尔风尘仆仆地出现了。原来圆圆的病症得到了控制，儿子顺利出生。他亲吻自己的棕头发、蓝眼睛的新生儿，喜极而泣。他立即出发，昼夜兼程，来向凯琳做最后的告别。凯琳被葬进了海边墓园。她在远离了大海将近半个世纪之后，终于又回到了大海身边。当谈及生死，没有谁是归人，大家都是过客；但对于大自然，没有过客，只有归人。凯琳在遗嘱中，把红房子和一半存款留给了玛莎和她的儿女，把汽车留给了晨槿，因为她出外摄影，需要一部好车。凯琳把另一半存款捐赠给了重瓣花俱乐部。纳塔莉娅在向凯琳告别时，敞开心扉，说自己因为鲁迪的死，一直深陷悔恨和内疚，就像把灵魂泡在酒里，只会逐渐走向自我毁灭。她将振作起来，把重瓣花俱乐部继续办下去，并发誓把它发展成全省，甚至全国不孕女性的救助组织，希望得到晨槿和玛莎的支持。两人郑重地答应了。

葬礼过后，纳塔莉娅要赶回多伦多上班，泉要赶回学校参加考试，当日就离开了。玛莎带着一双儿女留宿在红房子里。她不能原谅迈克尔的选择，始终不肯和他多话。迈克尔选择住家庭旅馆。红房子里有太多凯琳的痕迹了，他没有勇气面对。他因不熟悉碧湾的小路，请求晨槿送他一程。两人驾车路过“临海酒吧”，他建议到里面喝一杯，晨槿答应了。坐在露台上，听到的只有海涛声。“凯琳带我来过这里。”晨槿说。迈克尔感激地看了她一眼，因为她把话题自然地转移到凯琳身上。

9．丈夫：迈克尔

迈克尔承认，自从他在重瓣花俱乐部认识了圆圆后，就陷入了莫名的激情之中。他和凯琳的生活早已步入固定的轨道，使他清楚地看到了结局。也许他在骨子里恐惧的死亡前可预知的生活，需要借一股外力来打破预知，而丰润的青春的圆圆拥有莫名的甚至神秘的力量；也许他担心自己在死亡来临前，错过生活中最令人激动的事情，想通过一桩新的爱情体验意外的惊喜。

他第一次陪圆圆回中国F城探亲时，到一个KTV厅喝酒。歌厅装潢现代，霓虹满棚。服务小姐无不是大眼睛、尖下巴，身着超短裙，性感妩媚。他身材高大，在人群中十分显眼。当服务小姐问他要喝什么，他用中文回答“青岛牌啤酒”。周围人都开心地笑起来，外国人说汉语是对中国人的恭维。小姐端来啤酒，他又用中文说了“谢谢”。他零零散散地跟圆圆学的中文单词，这下子都派上了用场。几瓶啤酒下肚后，他稀里糊涂地被拖到了台上。他从歌单上选了《明天你还会爱我吗》。这首歌在中国早被唱滥了，但迈克尔用纯正英语演绎，何况他嗓音低沉磁感，富于舞台表演经验。他头发花白，是盐和胡椒粉掺杂的颜色，一双蓝眼睛依然深邃，足够成熟，又不算太老，搞得台下从二十岁到五十岁的女性都迷上了他。他演唱过后，一位大腹便便的老板走过来，请他到自己的高档会所演唱。

一切都发生得那么偶然。

圆圆有一种本能，只要嗅到机会，就会扑上去。她决定发挥迈克尔的歌唱天赋，建议他学几首中文歌。她要到地摊上买些盗版的民歌光盘，被他阻拦了，于是到影像制品商店买了正版。她挑了几首简单的民歌叫他跟唱。他突然发现自己颇有语言天赋，记忆力仍未衰竭。他先理解民歌的含义，天下民歌的含义都是简单的，随后就记住了那奇异的歌词。“有几首歌就可以打天下了。”圆圆说，“有些歌星唱一首歌就糊弄了三代人。”

在迈克尔最疯狂的想象中，他都没有料到，自己会在大洋彼岸成为一名歌星。他活了五十几年，从没引起过这么多人的关注。在每一个人的身体里都沉睡着另一个人，这“另一个人”也许永不会醒来，但另一个迈克尔苏醒了，露面了，并且魅力十足。每次演出，他先唱北美乡村歌曲热身，以摇滚掀起小高潮，最后，凭中国民歌把全场推向高潮，赢得几乎掀翻屋顶的掌声和欢呼声。他最拿手的是川藏民歌《康定情歌》。歌中唱道：“李家溜溜的大姐，人才溜溜的好哟，张家溜溜的大哥，看上溜溜的她哟，月亮弯弯，看上溜溜的她哟……”他从没去过四川和西藏，对歌中的那些“溜溜”和“弯弯”也不甚理解，但对爱情是懂的，一出口，便是款款深情。他唱歌时，背后有一群穿粉红长裙的美丽年轻女子伴舞，如梦如幻。而这一切都是圆圆带给他的。她简直是他的女神！

迈克尔回到多伦多后，发现这里的一切太老旧了。到处是低矮的平房，狭窄的街道。日子安静得令人透不过气来。他常坐在花园里练唱中文歌曲，那几乎成了他唯一的爱好。有一天凯琳下班后，被他的歌声吸引，走进花园，不小心踢翻了一个花盆，惊动了他。他转过身，捕捉到了她惊讶的眼神，不得不暗自叹息，他和她彼此已成了陌生人。

他引起了中国政府的注意。这下非同小可。他来自白求恩的故乡！说起来有些牵强，他出生的小城市离白求恩居住过的地方不远。这一句介绍就足以引起观众热烈的反应，尤其那些有着“白求恩情结”的中老年观众。人世间的事情是多么奇妙啊。在此之前他从来没听说过白求恩这个人。如今他被笼罩在白求恩的光环下，被邀请到中国中原的几大城市演出。所到之处，他和圆圆都受到了贵宾级的接待。

他回到多伦多后，特地拜谒了白求恩故居。从他的老家出发，开车到白求恩的故居，不过半小时的车程。他在白求恩故居附近找不到停车位，只好把车停在后街上。他对这座小城再熟悉不过，在这里找不到停车位，还是有生以来第一次。白求恩故居正在被扩建，但这阻止不了参观者的脚步。门口停了几辆大型旅游巴士。从车上下来一群群中国官员，个个西装革履，倒背着双手，一看便知是来加拿大考察的。迈克尔来了兴致，希望能感受白求恩的精神，甚至还穿上一件白大褂，模仿白求恩给病人做手术的样子，拍了一张照片。

当迈克尔再次出现在中国的舞台上，带来了一首自己创作的歌曲，讲的是白求恩的故事。他更受欢迎和爱戴了。接踵而来的是电视录像、电台采访、报纸采访……各式各样的文化活动，让他应接不暇。奇迹似乎每天都在发生，但他无疑是幸运的。他不敢说自己了解中国，加拿大人看中国就像盲人摸象，可中国人看中国，又有几人能做到洞若观火？当凯琳离开多伦多，回纽芬兰老家等待死亡来临时，他达到了演艺生涯的顶峰：在中国中央电视台的一档文艺节目中演出，据说将有几千万人收看！在现场录制那天，圆圆坐在台下，面带骄傲的微笑。

迈克尔回到多伦多后，才听玛莎说凯琳的乳腺癌扩散了。他仍爱凯琳，不过这种爱早已改变了形状和内容。将近三十年来，他和她不只是伴侣，更是朋友，即使一拍两散，他仍希望永远做她的朋友。白天在墓园里，迈克尔失魂落魄，仿佛不是他先离开了凯琳，而是凯琳先遗弃了他。

他喃喃地对晨槿说："圆圆希望你能原谅她。"晨槿答道："凯琳都可以原谅她，我为什么不能？"

酒吧里喧闹了起来，乐队又开始演唱《纽芬兰之歌》，宣告一个夜晚的开始。凯琳再也享受不到这普通的但充满生气的夜晚，晨槿想。哀伤像窗外的浓雾，霎时凌空扑来，包裹了山山水水。迈克尔起身向晨槿道别，说："希望我们从此不要成为陌路人。"

晨槿回到了红房子。玛莎坐在露台上那把专属凯琳的黄木椅上，望着夜空沉思。晨槿在她对面坐下来。玛莎感谢晨槿送别迈克尔，还说准备回多伦多后探望圆圆。她不知该怎样对待圆圆的新生儿——自己同父异母的弟弟。她在这一年里，猝然失去了鲁迪，仍在悲痛的深渊里挣扎，又失去了至亲的凯琳。她的心时而脆弱得像一片秋叶，时而坚强得像海边的岩石。她是母亲，必须成为儿女可以依靠的岩石。她在很长一段时间里，陷入自责，当初不该为保全柠檬树公司的生意开除晨槿，请求晨槿的原谅。晨槿连连摇头，因为从不曾责备，也无须原谅。

玛莎最后说，她暂时不想搬到纽芬兰居住，请求晨槿帮自己看红房子，因为房子无人打理不行，晨槿可以借这个机会静下心来摄影。相信每一位风景摄影师都会在纽芬兰找到灵感。晨槿心怀感激地答应了。

尾声

晨槿成了碧湾的临时居民。临时和永久是相对的，即使在临时的地点，她也可以有永久的心情。她在摄影公司工作时，存了一些钱，能维持几个月的生活。她决定暂时不去找工作，继续在纽芬兰旅行、摄影。她拍下了大海旁各种各样的岩石，岩石旁烂漫的野花，野花旁清澈的溪水。自然中的一切都是互相关联的，而她只是其中的一个环节，一位见证人。她对自己的摄影前途并无把握，她也许参加更多的作品展，甚至售出作品；也许出版一部摄影作品集。未知，竟不再使她烦恼。

在劳动节前夕，她来到了圣约翰斯附近的斯比尔角，在拍了一系列图片后，坐在岩石上休息。这里是北美洲的最东端，堪称天涯海角。海水拍打岩石，海鸥偶尔飞过。一个念头浪花般撞过来，开放得耀眼。要是有一个人陪伴，那该多好！浪花碎了，化成泡沫，可那个念头似乎被刻入了岩石。

她驾车来到市区，不由自主地来到了纽芬兰纪念大学附近。她停了车，用手机给泉发了封短信：“我来圣约翰斯拍风景，在你们大学的图书馆附近。你在校园里吗？”过了不到两分钟，她听到有人用中文喊她的名字，那是泉的声音！她循声望去，看到泉站在二楼的一个窗口，兴奋地向她挥手，大声嚷道："就站在那里等我！"晨槿品味着这句话，嘴角边溢出淡淡的喜悦。一转身间，泉已经到了面前。他显然是跑下楼来的，气喘吁吁地："我刚在网上看到一幅瀑布的摄影作品，想到你这个拍瀑布的高手！没想到你就从天而降啦！""哦，是吗？"她尽力掩饰眉眼间的兴奋。

他先带她去吃海鲜，然后带她到城南的海岬搭乘游船。半小时后，她远远地看到了一座海岛。海岛上草木繁盛，闪烁着点点白辉。"那白色的东西是什么？难道这里终年积雪？"她好奇地问。他微微一笑："你竖起耳朵听听，就知道啦。"她从海浪声中分辨出了海鸟的喧叫。游船向海岛渐渐靠近，数不清的海鸟惊喜地扑入眼帘，天哪！这简直是鸟的王国！泉告诉她，这个岛叫鸟岛，是海鸟的夏日家园。每年春天，大概有七万多只海鸟飞来这里产蛋育子，其中有塘鹅、黑凫、海鸥、海鸭、海雀等，到了秋天，它们又迁往万里以外的南美洲避冬，年年岁岁，周而复始。鸟岛被大西洋环绕，海水中有丰富的鱼，供海鸟捕食；在岛上的岩石上，铺满松软的泥土，适合海鸟筑窝搭巢和生儿育女。游船熄了马达，在海面上漂浮，唯恐惊扰了鸟的日常生活。晨槿拿起相机，不停地抓拍。峭壁上有成排的鸟巢，像房屋一样。有些鸟正辛勤地劳动，衔来树枝，卖力地加固自己的小窝。这时一对黑鸟突然凌空而飞，爹开翅膀，怒视对方，然后两喙对击，缠打在一起，跟人的拳击十分相似。还有一对对恋爱中的小鸟，彼此亲昵地抚吻对方的毛发。晨槿说："鸟和人，有什么两样呢？爱恨交集，渴望一个家。有一个正常的家，夫妻、儿女生活在一起，多好！"泉了解晨槿的心结，说："正常非正常，都是相对的。有儿女可以快乐，没有儿女也可以快乐。很多人痛苦，是因为钻进了精神的死胡同。"

劳动节期间学校放假，泉建议两人一起去格罗莫讷（Gros

Morne）国家公园。公园地处纽芬兰岛的西北部，以园内的纽芬兰第二高峰——格罗莫讷山命名，被联合国教科文组织定为世界文化遗产。晨槿早想去那里拍风景，不假思索地同意了。两人一路驾车一路说笑，只用了一天多的时间横穿纽芬兰岛，抵达了格罗莫讷。公园全境将近两千平方公里，简直是一座独立的城镇，规模和景色远远超出了晨槿的想象。驾车游览，如同参观自然景观的露天博物馆，湿地、湖沼、崖岸、冰渍……海岸线大多临近悬崖峭壁，让人难免心惊肉跳。他们先到了牛头岛。穿过林中小径，骤然看到一片开阔的草地，草长盈尺，其间缀满各色的烂漫野花，草地旁立着银灰色的岩石，岩石背后是蔚蓝的大海。海风吹过，花草翻卷而去，简直就是一幅莫奈的油画。晨槿像一个走进糖果店的小女孩般兴奋，拍下一幅又一幅的图片。她说："对爱好摄影的人，格罗莫讷是天堂，让人沉醉，流连忘返。"泉说："陪你摄影，简直就像到了天堂。"他说得温情脉脉，使晨槿的心便花草般随风翻卷了。

他们随后去了高地（Tablelands）。这里的风景与公园内的其他迥然不同，不见青草和野花，漫山遍野都是岩石。两片大陆在这里相聚，一片布满棕岩，另一片布满青岩。布满棕岩的一片曾是远古的海底。五亿年前剧烈的地壳运动，使海洋消失，把地幔推到表面。由于高地的地质环境跟火星接近，NASA曾在这里实验，为火星上的研究项目做准备。晨槿和泉从来没有这么贴近地观察地幔，如坠梦境，或如置身于好莱坞科幻电影中的场景。在此刻，真实的世界变得那么遥远、虚幻。既然海底和大陆都可以连接，她有什么心理障碍不能克服？在大自然面前，人为的障碍总是渺小。过去的生活在她的记忆中渐行渐远，眼前的生活却一天天展示新的可能性。她终于在心理上准备好了，开始探索新生活。她知道凯琳在另一个世界为她祝福。两人来到了山脚下。远处的山峰还顶着积雪，已融化了的雪汇入了眼前的河流。四周静谧，只有河水拍打石块，奏出清脆的乐声。她被他揽入怀里亲吻。不知过了多久，她绵软地挣脱他的唇，问："要不要喘口气?"他这才恋恋不舍地放开了她。

当晚，两人租了一间建在海滩上的小木屋。走进木屋，推开窗户，迎面便是青色的格罗莫讷山。她和他第一次无限地靠近彼此灼热的身体，在几英尺见方的小舞台上，伴随清风时而劲舞，时而慢摇，醉心演出，把山峰和明月都变成了观众。

一个全新的早晨缓缓来临。晨槿坐到露台的木椅上，抱着相机望着轻雾缭绕的山峰出神。泉无声地来到她的身边，伸出手臂搂住她的肩头。她说："你知道吗? Gros Morne 是法语词，字面意思'非常孤独'，在这里代表'孤独站立的大山'，但我现在没有孤独感。"雾慢慢散尽，山顶上的天空先是绽开一道白色弧光，渐渐地，弧光聚成了一团热烈的橙红。晨槿从椅子上跳起来，不停地摁动快门，拍下了喷薄绚丽的日出。

发表于《小说月报》原创版 2015 年第 8 期

无人倾听

多伦多夜的沉静，被街车“咣当咣当”撞击铁轨的声音打破了，于是早晨便从起点站出发，开始了它回归黑夜的缓慢旅行。雁然坐在车上，合着眼。每隔三五分钟，车停下，车门开启、关闭，接着又开动起来，如此周而复始。婴儿委屈地哭泣，老人力不从心地喘息，一条狗有些放肆地叫了两声，有人推着一辆自行车从她身边走过，后座的两个女人叽里咕噜地说着俄语，从身边女孩的随身听里传出了碧昂丝的歌。在这林林总总的声音中，她还是清晰地辨出了烽的声音。烽从她背后把下颏压在她的肩胛上，双手轻轻地环着她的腰，温存暖人地说：

“其实我心里疼的只有你……”

央街到了，她下了车。深秋的风呼啸而来，终于把她完全唤醒。穿越街道时她有些踌躇，一辆黑色丰田车便鸣着笛从她面前箭一般穿过，惊出了她一身冷汗。

她六岁那年一个人在老家的街上险些被马车撞倒，从此一直害怕单独过马路。当她长到十八岁，考上了离家三千多里之外的大学，她的妈妈并不担心她会荒疏学业，或者早恋堕落，只担心她没有足够的勇气，一次次独自穿过滨海城市里车水马龙的街道。多年后在芝加哥，当她第一次和烽一起准备穿过运河街，烽很自然地牵起了她的手。她的小小的手立刻依依地贴紧了他的掌心，一滴泪竟从眼角倏地溅了出来。烽转过头，并无言，只以诧异的目光询问。

“芝加哥的风，这么容易让人落泪。”她说。

雁然走进了电声公司的会议室，发现里面早已喧喧嚷嚷地坐满了等待接受培训的新电话推销员。她在多伦多求职近百天，终于在这家专门承揽电话推销业务的公司里找到了一份临时工作，时薪九加元，稍高于加拿大政府规定的最低工资。

四五十个新电话推销员来自十几个国家，肤色由黝黑渐次过渡到乳白。有人西装革履，也有人圆领衫牛仔裤。最年轻的还在读大学本科，而最老的是早已脱光了头发、退休了的汤姆。

一个健壮的留络腮胡子的印度人，穿黑衬衣，系灰领带，大步跨上了讲台，横扫了一眼台下的国际杂牌军，说：“我叫塔潘你们的顶头上司从今天开始我会站在你们背后辅导你们帮助你们我要在三天之内把你们培养成多伦多最优秀的电话推销员。当然做我们这一行是要讲业绩的如果在一个星期之内你们拿不出销售成绩来你们也知道公司的大门在左边自己走开就是了。”塔潘操一口印度音浓重的英语，语速飞快，句与句之间没有间断。

汤姆举起了手来。

塔潘把脸转向了汤姆：“有问题就问吧，要简短。”

“你期望我们达到什么样的销售业绩?”

“平均每个小时必须至少打十三个电话推销出两个半保险。”

“人事部的经理在面试时告诉我，公司的要求是平均每小时推销出两个保险。”

“我不管人事部的经理说什么我是你的顶头上司我的话就是命令。”塔潘的口气森冷。

“可公司管理阶层总应该有统一的口径吧?”汤姆似乎想要引起辩论。

“好了,”塔潘不客气地打断他,“这不关你的事你们在座的每一个人要关心的只是如何抓住你们的客户千方百计地说服他们购买你的保险,就这么简单!明白了吗?”

人群中有人点点头,而大多数人面无表情。

“你们不可以这样死气沉沉的!你们是电话推销员要积极主动精力充沛声音洪亮充满热情。我再问一遍你们明白了吗?”

于是大家齐声喊了一句:“明白了。”

塔潘黝黑的脸上终于绽出了一丝笑容:“你们将会发现这场推销的竞赛充满着快乐我会不停地鼓励你们奖励你们给你们买披萨巧克力还有果汁!”

“哇!”人群中发出了一串赞叹。

接下来塔潘给每个电话推销员发了一份讲稿,开始向他们介绍加拿大诚信银行的产品:活期账号透支保险。保险的基本内容是诚信银行允许客户透支自己的账号而不对其罚款,透支额从五百元到两千元不等,但客户每月需交两元钱保险费。当然了,羊毛出在羊身上,银行对客户透支的钱要收百分之二十一的年息,并且要求客户在两个月之内归还。

透支保险显然是为穷途末路的人设计的,比如自己,雁然想,有钱人哪里需要透支银行账号呢?可惜她不是诚信银行的客户,不然可以先卖给自己一份保险。

“你们在听我讲解保险和推销技巧的时候一定要专心因为明天你们开始打电话你就会发现我的忠告使你们受益无穷。”塔潘提高了嗓音，“那个坐在第二排穿黑衬衣的，你在想和透支保险有关的事情吗?”塔潘的手指点到了雁然的头上。

“是的，”雁然语气肯定，“绝对有关。”

“公司付钱给你们你们人在心也要在这里！我们要打好这场推销战役要让诚信银行承认我们是最好的电话销售公司我们要从他们手上拿到更多的合同两天之后就是战役的开始你们准备好了吗?”塔潘解开衬衣的袖扣，把自己的两只袖子都卷到了胳膊肘。

推销月费两元的透支保险也是战役，雁然想，看来走到哪里都逃不脱战役。

培训结束后，雁然刚一进家门，就接到了宇宙电话公司女推销员的电话，对方试图说服她使用“宇宙”的长途电话服务。

“我很少打长途电话。”雁然说。

“这不太可能吧?”女推销员尖细的充满惊讶的声音钢针一般刺痛了雁然的耳膜。

“有什么不可能的?”

“你的家人、朋友不会都住在多伦多吧?”

“他们都不住在多伦多。”

“你居然很少给他们打电话?!”女推销员的反问甚至透露出了怜悯。

“我没有义务和你讨论我的个人生活。”

“如果你打长途的话，我们公司不收月费，每分钟只要七分钱，这样你每月可以省很多钱。”

“一个电话都不打是不是最省钱？再见。”雁然挂断了电话。

她的确很久没有打过长途电话了。她有两三个朋友在美国，但他们热衷于攀比房子的大小和汽车的档次，和捉襟见肘的她自然也就找不到共同语言。她到了多伦多之后，除了给她妈妈打电话报了个平安，就一直沉默着。家里人对她的离开并没有表现出太多的惋惜。妹妹瑜然大学毕业后留在了北京，一直在一家银行工作，事业可谓一帆风顺。一年前瑜然和妹夫打算买一套三室一厅的房子，然后把爸妈接到北京同住，可是钱不够。雁然就把自己在美国几年的积蓄给瑜然寄了去，也算对爸妈尽了孝心。不料她很快被公司裁掉，随烽回到了大陆。她住进了瑜然家的客厅，整日收听妈妈的唉声叹气。几年来，她在家人的心目中，是悬在远方天空的星，现在这颗星突然坠落在眼前，岂不是要把他们知足顺遂的日常生活砸出一个庞大的黑洞?

雁然像一个笨拙的孩子，手里攥着一个五彩的生活魔方，无论她怎么努力地七扭八转，都无法把魔方拼出一个完整的图案来。她从小就不是一个引人注目的女孩。在十四五岁的时候她的个头比同龄的女孩高，但那时同班的男生总把目光投注在娇小玲珑的女孩身上。等到了十八岁，别的女孩都长高了，全身上下变得耐人寻味了，而她似乎还是一成不变。她既不能歌，又不善舞，唯一的爱好就是读小说。她在大学里学的是教育，留学美国后发现自己并无就业出路，就改学了电脑。等她毕业的时候，电脑业的气势已如滚滚东流水变成了池塘里的泡沫，她勉强在一家软件公司找了一份做测试员的工作，似乎办公椅还没有被坐热，她就又忙于在求职网站上张贴简历了。她在国内待了半年，终于明白国内已进入了“美女搭台，经济唱戏”的时代，而既无芳容又过了芳龄的她，在人才中心坐坐冷板凳也就不足为奇了。

她就像赌场里的一个运气糟糕的玩家，庄家发到她手里的牌永远不是她想要的。

三天之后，雁然坐到电脑前，戴上耳机，开始了和她的第一个从未谋面的客户的谈话：“你好，请问杰克·史密斯先生在不在家?”

“我就是杰克·史密斯。”

“你好，史密斯先生，我是雁然，是代表加拿大诚信银行打来的。诚信银行现在为你提供一份账号透支保险，给你两千元的信用金供你使用。我可不可以问你几个问题，看看这份保险会不会使你受益，帮你省钱?”

“对不起，我不感兴趣，再见。”

史密斯先生挂断了电话，雁然飞快地将代码十三输入电脑。十三代表客户挂断电话，没有销售成果。十三从来都不代表幸运。

“电声公司”使用的是自动拨号的软件。当她按一下输入键，下一个客户玛丽·卡斯隆的资料就自动地跳到屏幕上，而耳机中“哔”的一声响，卡斯隆夫人的声音已经在电话的另一端响起了。雁然立刻说:“你好卡斯隆夫人，我是雁然，代表加拿大诚信银行给你打电话。诚信银行现在为你提供一份账号透支保险，给你一千五百加元的信用金供你使用。我可不可以问你几个问题，看这份保险会不会使你受益，帮你省钱?”

“我从来不会通过电话购买任何东西的，如果我要买保险，会到家附近的诚信银行的分行去买。”

“可是账号透支保险只通过电话销售，你到分行去申请要等大约两个月才能申请得到。”

“那就算了吧。”卡斯隆夫人挂断了电话。

雁然输入代码〇七，代表客户从不通过电话购物。按输入键，拨下一个号码，电话无人接听;再拨下一个，听到的是电话留言。

“大家注意了在挂断前一个电话和拨通下一个电话之间你们所用的时间不可以超过三秒钟你们要节约时间争取和更多的客户通话。”塔潘在两排办公桌之间的通道上一边疾走，一边叫嚷。很快他又风风火火地在过道的尽头竖起一块黑板，用来登记每个推销员的销售成果。他双手高举过头顶，似乎要引起全体推销员的注意：“你们卖出了保险，就举起手来。”

雁然的下一个客户是克莱夫先生，一个声音苍老嘶哑的老头。老头不等她做完自我介绍，劈头便问：“你是电话推销员？”

“是的，我是代表诚信银行打来的。”

“你难道就不能找一份别的工作做做？我最恨电话推销员！我刚刚接到一个保险推销员的电话，建议我换一个人身保险，简直是蠢货！我现有的人身保险都不想再保，我死了还管身后的事?!”老头咆哮了起来，“现在你又来了，我不需要什么倒霉的透支保险，我账号上有足够的钱！为什么扰乱我的安静？你去下地狱吧！”

“如果接一个电话可以使这世界少一个无家可归的人，你不肯做吗？”雁然问。

老头一时无言以对。

雁然首先挂断了电话。

空气变得越来越燥热了。一百多人坐在同一间办公室里，操着不同口音的英语，同时对着话筒讲话，每个人嘴里呼出的热气足以使空调失掉作用。

雁然对不同的客户一遍遍地重复着讲稿上的话，仿佛一台会说话的机器，但不幸的是她还有感觉。“去下地狱吧！”老头的吼声在她耳边回响着，一遍遍抽打着她的自尊。

“雁然，你还在等什么？播下一个！”塔潘不知什么时候站在了她的背后。

接电话的是福克先生，一个声音随意但不失礼貌的年轻男人。雁然照例向福克先生介绍保险的内容，接着问他：“你最近有没有写过空头支票？有时候你会不会忘记自己账上有多少钱？”

“我写过一张。”

“你被银行罚款三十块，是不是?”

“是。”

“如果你的账号有保险，你就不会被罚款了，你的信用也不会受影响，而一年的保险费才二十四块，这样你反倒省钱了，又没有了后顾之忧。你觉得是不是买了这个保险比较好?”

“那就买吧。”

“我今天就把保险加到你的账号上，银行会按月从你的账号上扣除两块钱保险费。”

“没问题。”

终于撞到了一个买主。雁然核实了福克的家庭住址、出生年月，算是卖出了一份保险。挂断了电话之后，雁然举起了手来。

“做得好!”塔潘用他的大手掌用力拍了拍她的肩头，像是一个教练鼓励在比赛中出了好成绩的运动员。

这是一场用嘴奔跑的比赛。雁然迷失于声音的森林了，暴怒的如虎啸，聒噪的如蝉鸣，偶尔也有几声甜美如百灵的歌吟……几个小时之后她的喉咙就开始疼了。她像一条离开水的鱼，呼吸变得困难。

休息的时候雁然在餐室里认识了电话推销员路易莎。路易莎和她年纪相仿，不过体重足足有她的两倍。路易莎蓬乱的头发，身上皱巴巴的墨绿色腈纶套头衫，和无型无款的纯棉运动裤，泄露了她生活的窘迫和对自我形象的无所用心。

“感觉怎么样?”雁然问。

“很累。今天是我做了十年家庭主妇之后第一天上班。”

“真的?”

“我心里一直慌慌的，因为我的两个儿子今天放学要自己走路回家。”

“他们的父亲不可以去接他们吗?”

“我不愿意让他去接。我现在一个人带两个孩子，还要工作，实在不轻松，而且电话推销员的工作也很难做。”

“岂止难做? 还惹人厌烦。我昨天在报纸上看到一条新闻，很多美国人早已把自己家的电话号码列入了拒绝电话推销的名单上，但 AT&T（美国电话电报公司）的电话推销员仍然打电话给这些人推销长途电话服务，FCC（美国联邦通信委员会）准备对他们非法打的每一个电话罚款一万元。”

“电话推销员浪费他人的时间，侵犯他人的隐私权已经引发了公众的愤怒。”路易莎最后叹了一口气说。

下班后，雁然在中心地铁站嘈杂的人声中意外地捕捉到了二胡曲《二泉映月》。她循声逆流而行，全不顾其他乘客的抱怨。拉二胡的原来是一个四十岁左右的中国男人。男人穿一件松垮的毛衣，一条破旧的牛仔裤，一双溅满了泥点的旅游鞋。他闭着眼，拉得忘情而投入，神色中还有几分无奈和几分不羁。在他脚边的一个小铁罐里躺着几枚孤零零的硬币。铁罐旁摆了几盘 CD，那大概录制了他的演奏吧。

雁然突然有些羡慕他，因为他可以在二胡声中诉说，而她全天和上百个陌生人在电话里交谈，却找不到一个渠道倾诉自己。她记起俄国作家契诃夫写过一篇小说，叫《马夫》，讲的是一个孤独的马夫找不到人谈心，最后把全部的心事就对自己的马讲，而讲过之后顿时觉得轻松了许多。

契诃夫或许也是孤独的，但他在马夫对马的讲述中宣泄了自己的孤独。

可惜雁然没有一匹马，甚至也没有一只猫，或者一盆植物。

这时却有一句话，仿佛深藏在她脑海中的一只海豚，突兀地竖了起来，惊起了无数思绪的水花："我的歌喉喑哑，但在漂泊的途中，我依然拉起了滴血的心弦……"

几天之后，当雁然正对着话筒向一个说一口乱七八糟英语的越南人介绍诚信银行的透支保险时，她听到了背后的一阵骚动。回头望望，发现大约有二十几个电话推销员从座位上站起身，整理自己的东西，准备离开办公室。

这时恰巧到了休息的时间。雁然匆忙地和电话另一端的越南人说了再见，她原本也没有指望向他兜售出保险。她在办公室门口碰见了路易莎："怎么回事?"

"被塔潘炒了鱿鱼，销售成果不佳。"

"可你前两天做得不错。"

"今天运气很坏，到现在只卖出去了一个。"

"可今天的工作时间还没有结束!"

"塔潘说公司每小时的收入必须超过工资支出，所以他等不到下班时间，就必须让我们这二十几个人走人。"

"这也太不近人情了。"

"我小儿子昨天得了流感，所以我今天精神不太集中，也没有什么推销热情。"

"那你明天可以在家照顾他了。"

"可是谁来付月底的那些账单呢?"路易莎像是自言自语。

雁然陪路易莎走下了电梯："我有半个小时的休息时间，一起喝一杯咖啡吧。"

路易莎木然地点了点头。

雁然给自己和路易莎各买了一杯咖啡。

"再去找找别的工作吧。"雁然说。

“当然还要找。没想到工作这么不容易，在家里这些年我都忘记了工作的滋味了。我前夫在一家软件公司做销售经理，他以前对我说过，做推销工作非常辛苦，我都没在意，现在我才理解了。”

“几天前我接到过推销电话，那时我的态度还非常冷淡，直到现在我处在了电话的这一端，才理解了电话推销员的感受。”

“你现在理解了，还不迟，但我现在理解了我前夫已经太迟了。”

“为什么太迟？爱是可以回头的。”

“他不会回头了，因为是我把他赶出家门的。今年夏天我带两个儿子去蒙利尔看望我的父母，后来因为我的小儿子想念他的小狗，我们就比原计划提前了一天回家。儿子说他要给他爸爸一个惊喜，你知道我前夫一向很疼他的，我也就没有打电话通知我前夫。等我回到了家，走进了我们的卧室，发现我前夫和一个男人赤身裸体地躺在我的床上。你能想象我当时是多么震惊吗？我的整个家庭，整个世界都在那一瞬间倒塌了。”

“我真抱歉这样的事情发生在你身上。也许你前夫只是出于好奇，况且在这里同性恋或者双性恋都能得到一些鼓励。”

“他说他是出于孤独！天哪！他和我同床共枕了十一年，他居然说自己孤独！”

“也许他承受了一些生存压力，你没有留意到，也许有其他原因。”

“我永远都不能理解男人。”

“路易莎，你说对于人来说什么是最难的？不是双脚踏上月球，不是发明个人电脑，而是理解别人。”雁然看看表，从座位上跳起来，“对不起，我要回办公室了，不然我就是下一个被炒鱿鱼的了。”

路易莎似乎有些轻松地和雁然道了别。雁然没有料到路易莎会对自己讲她婚姻生活中的隐私。是不是向陌生人倾诉是一种不可多得的解脱?

雁然似乎也是不能理解男人的，尤其是像烽那样声调温和的男人。

五年前她从纽约州转学到芝加哥，预先想找个中国人了解一下租房子的情况。她的一个老乡的朋友就给了她烽的电话。当烽的声音第一次从电话的另一端传来，她突然发现原来芝加哥才是她向往了许多年的城市。

关于一座城市的记忆似乎总是和某一个人联系起来的，而生命无非是在几座城市里留下的一些回忆。她的关于初恋的记忆留在了她读大学的滨海城市。当她的男友扬因毕业分配时未能和她分在一起，而宣布了他们的恋情无疾而终时，她只是在心里淡淡地存了怀念，就像在河里随意地植几株柔软的水草。

雁然第一次见到烽，发现烽的外貌并不出众，神情中有一种学生般的单纯和自负，但他的声音总是丝丝渗透了温和。烽的生活当时正处于不尴不尬的阶段。他与他的太太因感情不和已分居，但因为太太随他一起申办绿卡，念及几年的夫妻之情，同意暂不离婚。雁然和烽之间的感情并没有疯狂地燃烧过，所以反倒有了一种源远流长的持久。雁然曾一度因烽和他太太有些藕断丝连而和烽疏远，但烽在一个风雪之夜义无反顾地闯入了她的公寓，从她背后把下颏压在她的肩胛上，双手轻轻地环着她的腰，温存暖人地说:

“其实我心里疼的只有你……”

在那段日子里，雁然和烽就像一对小白鼠，在寒冷而多风的芝加哥，白日出外觅食，夜里身体贴在一起相互取暖。

后来烽拿到了绿卡，和太太离了婚，本该和雁然论及嫁娶，但正巧他的一个师兄拉他一起回国创业，并给他优厚的年薪。他血一热，就决定辞掉自己在美国公司的工作，做了海归，而当时正失业的雁然自然如影随形。两人回到北京之后，烽借住在他师兄的家里，终日里忙得颠三倒四。雁然暂住在妹妹家，因一时找不到工作，她也不好提出让烽租房与她同住。两人聚少离多，几个月后，她经常能听到就只有他在手机中的留言了，于是到他的师兄家找他。那天正巧他的师兄去外地出差，她便留下来过夜。烽小心翼翼地关了床头灯，在黑暗中回避着她的双唇，并虚假地陶醉着，她明白他的身体已经比他的心早一步背叛了她。

她几乎没费任何力气就找出了她的情敌，比她年轻十岁的媛媛。在媛媛面前，她不战而败。媛媛是宝石式的女人，美丽，昂贵，但有坚硬的心肠。烽显然热爱宝石。烽和雁然之间四年的爱情之歌足以写满一张光盘，可烽是了不起的魔术师，他轻轻一吹，就把它变成了空盘，从此，和他共举话筒一放歌喉的却是那个有着标准三围的媛媛了。

几乎在烽和媛媛搬进了一个全新的两居室的同时，雁然收到了加拿大使馆寄给她的技术移民签证。

烽成了雁然心口的瘤。她对镜剖开了自己的胸膛，把他生生地摘除了。当她和他之间隔了迢迢的山水，当她安静地坐在多伦多嘈杂的街车里，他的声音偶尔会突然地从她的颈后温存暖人地吹拂过来。每当这时，她的两只紧紧地握持在一起的手便会不由自主地抽搐一下，她知道那不过是因为心痛罢了……

雁然的喉咙里似乎有一朵火苗在燃，无论她喝多少水都不能把它熄灭。她的下唇还生出了一排白泡，每说一句话都会痛。在一夜无眠之后，她的房东，一个高瘦的穿橘红色衬衫的黑女人敲响了她的门，再一次催缴房租。在上班的路上，她去药店买治喉咙痛的药水，结果迟到了十五分钟。她一进办公室，看到塔潘正坐在她的座位上，黑着脸："你知道我的脾气，我最不能容忍的就是迟到。"

"我记得你以前说过，你最不能容忍的是没有销售业绩。"

"你最近的销售业绩很不理想。"

"我的嗓子痛。"

"不要给自己找借口。我一天工作十一二个小时管理七八十个电话推销员嗓子比你还痛！今天我本打算监听你和客户的通话对你进行专门辅导结果我到你的办公桌前却找不到你的人影。你如果有什么事还没有办完你现在可以接着去办。"

他的潜台词是什么？雁然在心里问自己，脸上的温度突然就升了起来。她很想掉头而去。

这时她似乎感觉到橘红色的房东站在不远处冷冷地打量着自己。

"对不起，迟到是我的错。"雁然低声说。

塔潘脸上的线条稍稍柔和了一些："算了，不要浪费时间了，下不为例。"他站起身来，拍了拍椅背，"开始拨电话吧。"

她坐了下来。塔潘拖过来一把椅子，坐在了她的背后，并把自己的耳机接到了她的耳机上。他沉重的呼吸令雁然感到如芒在背。

接电话的是一个名叫多拉的女人。多拉一听到雁然是代表诚信银行打来的，就喋喋不休地向她抱怨诚信银行的服务。雁然只好一再替诚信银行说对不起，尽管她连诚信银行的大门都没进过。当她终于有机会介绍透支保险的时候，多拉立刻反问她：

"在我有了这么多不愉快的经历后，我还会对诚信银行的保险感兴趣吗？"

"那没有关系了。再见！"

双方同时挂断了电话。

塔潘站起了身，说："你刚才和客户的通话有严重的问题：第一，你应该早一点打断对方的抱怨也没有必要对她不停地说抱歉，你要牢牢记住你做的是电话推销而不是客户服务，善解人意是没有意义的卖出产品才是目的！第二，当对方说她不感兴趣的时候你不可以轻易放弃你要向她介绍这项保险的好处说服她购买，对于一个推销员来说最重要的就是要穷追不舍，穷追不舍！”

“也许我天生就不懂得如何穷追不舍。”雁然低声说。

“我想我也不必再浪费时间培养你了，You are fired！（你被解雇了）。”

雁然似乎没有听清塔潘的话：“你说什么？”

“You are fired！（你被解雇了！）”

雁然走出了电声公司的大楼，无意去搭街车。她不必急急赶回到公寓，没有人为她留一盏灯。

塔潘说善解人意是没有意义的，卖出产品才是目的。人生何尝不是如此？好的出发点毫无用处，成功才是最基本的前提。雁然被媛媛赶出情场，被塔潘赶出职场，只不过又一次印证了优胜劣汰的规则。

雁然仿佛一张被揉皱丢弃了的早报，在街上恍恍惚惚地飘来飘去。过了不知多久，竟走到了 C 塔下。她算了一下自己的全部现金，加上还未从电声公司领到的一个星期的工资，无论如何也不够付房租，索性就买了一张门票。因为不是周末，C 塔的游人不多。她几乎无须排队，几分钟后就离地一千英尺了。

那是一个出人意料的晴朗的夜。多伦多在她眼里转换成了一个广博深远幽黑的舞台，白日里高耸的楼群不过是随意贴在一起的积木，树影影绰绰的，与装饰用的盆景并无二致，而真正的主角是那连天漫地的灯火。灯火使城市的苍白面孔泛出了红润，使城市摆脱了颓靡的昏暗；灯火那么无悔地把世间冷酷拥入了怀中，又把那么多的卑微和琐碎点缀得熠熠生彩。

世界在那一刻竟是无声的……

雁然发现自己许多年里在地面上活得辛苦、委屈、失意，原来只是因为缺少一个高度。当她有了这个高度，便可以俯视地面舞台上的争斗滚打了。从落地的玻璃窗里，她似乎有生以来第一次看清了自己：一头直发，一张素面，一颗裸露的心。

她梦游般地回到了地面，回到了自己窄小的公寓，跌坐在门口的地毯上，并没有立刻去开灯。她突然呜呜地哭了起来，声音慢慢变大，后来索性放声痛哭了。用完了面巾纸，就用衬衣袖子抹泪。当她疲惫地躺倒在床，又把泪泼洒到枕头上，很快枕头就被揉成了湿润的一团。她掉进了人生的一口枯井里，她自己的眼泪是滋润生命的唯一甘泉。

她哭得累了饿了，并不去点火煮饭，而是打开了电脑，开始打字："我的歌喉喑哑，但在漂泊的途中，我依然拉起了滴血的心弦；我选择了我的方式向世界倾诉，从此点燃生命的灯火抵御黑暗……"

她日日夜夜疯狂地用文字搭拼着一个魔盒，用来储藏所有令她心动心痛的声音。在不知不觉中，她又开始聆听别人的心跳。她成了舞台下的场记，记下了吟唱和哭泣，甚至记下了许多无名角色不经意间的叹息。声音在她的文字中有了形体，而她在自己的文字中寻到了永恒的情人。

两年之后，雁然成了蜚声海外华人文坛的作家……

发表于《侨报》2005年5月8日至10日

苏格兰短裙和三叶草

一

起初飘的只是雾，清白，绵软。似乎有人随意从空中撒下一捧，就笼罩了安省小城圣凯瑟琳。随后雨悄悄渗入，麻丝丝地滴到脸上，让人生出几分惶恐的凄冷。

有水则灵。穿越圣凯瑟琳的魏尔兰运河北牵安大略湖，南挽伊利湖，不舍昼夜，为小城灌注灵气。运河上，一艘大铁船正准备起航。船身棕红，船舱雪白。一面加拿大国旗悬在桅杆上：白底，衬着红枫叶图案。在甲板上，几个穿橙色雨衣的水手紧张地忙碌着。

灰暗雾雨中的色彩对我起了安慰作用，我几乎快乐了起来。

移民多伦多快两年了，我一直没有固定工作。虽说在国内教过心理学，但在加拿大因英语口语水平不够高，当不了心理医师，只好到食品加工厂打工，每小时赚八块钱。两个月前，我妈发电子邮件给我，说家里缺钱，我远走高飞了，不该坐视家人挣扎于水深火热中。我妈从没学过心理学，但总能捏到我心的最软处。

我四处找工，希望能换一份薪水高些的工作。有一天我在网上发现圣凯瑟琳新建的养老院急招清洁工，时薪十五加元，就报了名。一个星期后我接到了面试通知，面试当天就被录取了。

离开多伦多之前，食品厂的工友对我说："你在圣凯瑟琳会被寂寞杀死的！"

寂寞会杀人吗？大概会的，但不可能杀我，因为我从来没有繁华过。繁华过的人才忍受不了寂寞，而我从一出生就是寂寞的。再说在生存的压迫下，寂寞可以被忽略不计……

我目送大船离开魏尔兰运河，向伊利湖驶去。生活中一个平常日子不过如此，有人登陆，有人起航，不管面临的是雾雨还是阳光。

我住进了闹市区的一幢老式公寓楼。火柴盒形状的建筑，在雾雨中有些掩盖不住落伍的寒酸。走廊是昏暗的，墙上贴满了灭杀蟑螂的通知。看来找几只蟑螂做邻居，并非难事。

公寓窄小，且空无一物。在没有买到床之前，我只能把棉被直接铺到地毯上。躺上去，贴身感觉是冷漠的僵硬。街灯的光无所遮拦地泻进来，把一些莫名其妙的图案投射到苍白的墙上。

我几乎有些迫切地等待明天的到来……

第二天，我去养老院报到。在走廊上，遇到了一位金发碧眼的少女。她身穿啦啦队服装：粉红小背心，粉红超短裙，手里还攥着两束粉红彩球花，像活动着的芭比娃娃。四周似乎霎时变成了电影中黯淡的背景，只为衬托她耀眼的美丽。

我问："清洁管理部在哪里？"

"一楼最南端的那个房间。"少女微微一笑，露出一排完美得几乎让我妒忌的白牙。

"谢谢你！"

"不用谢！"女孩说的竟是中文。

我惊喜地问："你会说中文?"

女孩咯咯地笑起来，改用英文说："和我的中国同学学过几句。你是新来的吗?"

我点点头："昨天刚搬到圣凯瑟琳。"

"我希望你喜欢圣凯瑟琳。"她说，声调甜甜的，使圣凯瑟琳听起来像加勒比海海岸某个非常值得向往的地方。

"你也在这里工作吗?"

"我当义工，给老人读报纸。我叫安吉拉，以后你有什么问题可以问我。我现在要赶到学校参加啦啦队训练。"

安吉拉挥挥手和我说了再见。我望着她的背影，暗想"阳光少女"一词，大概是专用来形容安吉拉这样的女孩吧。

清洁部的经理，一位体重超过两百磅的黑人大妈，发给我一套制服、一套清洁工具，我就算"走马上任"了。

我常在休息室遇见安吉拉，渐渐地和她熟悉了起来。她在节食，午餐只吃一罐酸奶和一只红苹果。她想当模特，发胖就等于扼杀前途。

"你在这里当义工，很高尚。"我说。

"谈不上高尚，我的很多同学都当义工，帮助别人是一件很快乐的事。"

"这里的老人一定很喜欢你。"

安吉拉点点头，又咯咯地笑起来："他们说我有歌星般的嗓音。"

随后她问我工作怎么样。

"还好。不过我在这里一星期只能上五天班，赚的钱勉强够自己用，我家里有困难，我想再找个小时工。"

"看小孩你做不了，没经验，打扫房子，你总能做吧?"

“我当然能！”

“我表哥肖恩好像在找清洁工，我问问他。”安吉拉说。

一个星期后，安吉拉兴奋地告诉我：“我表哥想请你打扫他的房子，替他割割草、种种花。”

“那太好了！太感谢你了。”

安吉拉耸耸肩膀：“先不要谢得太早！我表哥是个怪人，四十多岁了，还单身一人。不过你不会经常见到他，他在‘米勒号’上当水手，有时上了船，要一两个月才回家。”

一个整日驾船在蓝天下碧水间航行的水手，足以引起我的无限联想。从记忆的镜头中摇出来的，是魏尔兰运河上红白相间的大船，和身穿橙色雨衣的水手。

肖恩也有一件橙色雨衣吗？

初夏的太阳似乎有一双深情的唇，凡被它吻过的草与叶，不管曾经多么暗淡和枯竭，都在一夜间绿莹莹地饱满起来。

星期六早晨10点，我按安吉拉替我约定的时间，准时来到了肖恩家门口。肖恩的房子，一幢青砖青瓦的三层楼，坐落在圣凯瑟琳城内的德鲁吉港。房前花园里有两棵树：一棵红叶枫，一棵白丁香。树下虽种满花草，却泄露出几分疏于打理的颓败。

肖恩褐发褐眼。他上身穿一件不灰不蓝的套头衫，露出两条称不上健壮的手臂，皮肤不是古铜色，而是黝黑，和我想象中金发碧眼、身材挺拔的水手相距甚远。他有些不敢正视我，神情模糊，似乎是谦卑和害羞的混合。

我立刻嗅到他身上的寂寞气息。也许世间寂寞是跨国界、跨文化的吧。

“你叫什么名字？”肖恩问我。

“Grace（葛蕊丝）。”

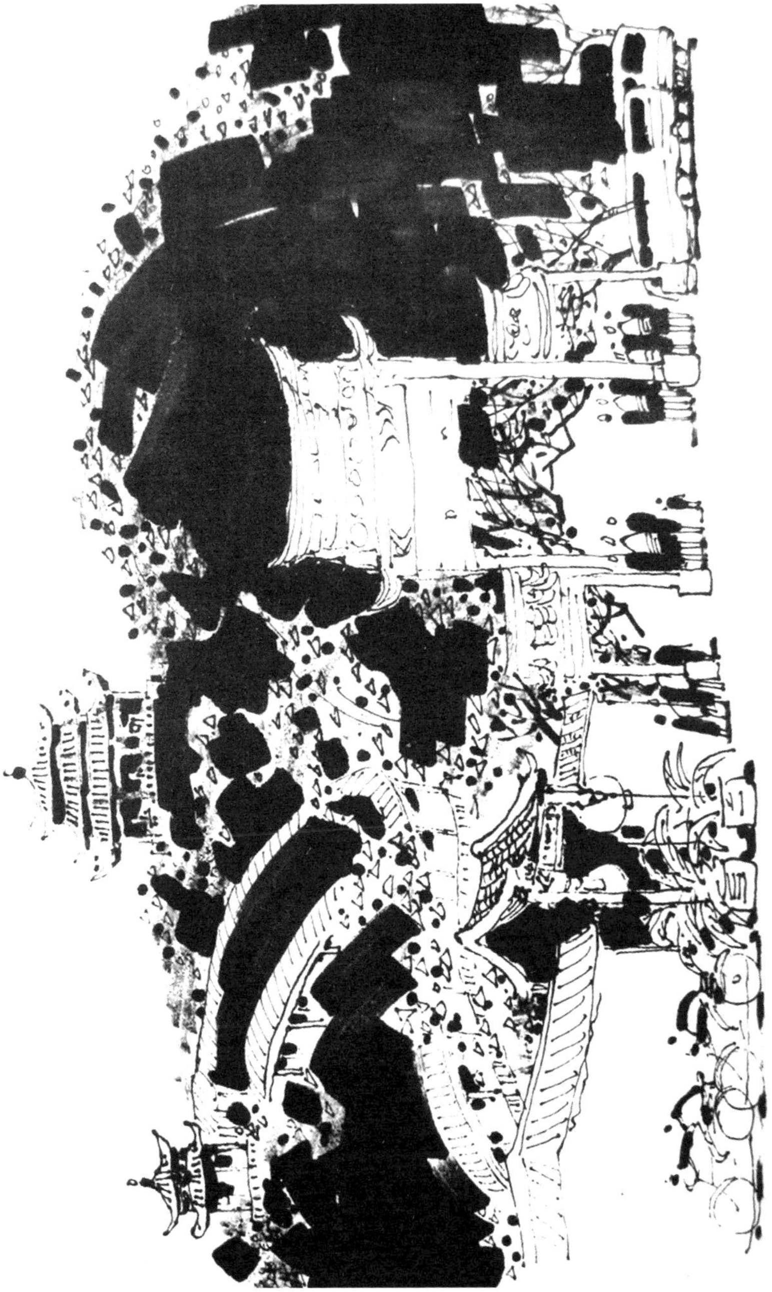

“中文名字呢?”

“蕾。”

“蕾。”肖恩有些吃力地模仿我的发音。

“名字很难，我不介意你叫我的英文名字。”

“我可以学会的。”肖恩的神情认真起来，“你到了这里，要很努力地适应，我们这些当地人，至少该学会叫你的名字。”

肖恩带我参观了他的家。一楼有起居室、书房、厨房、洗手间、洗衣房。在洗衣房的门上果然挂着一件橙色雨衣!

肖恩的出现会给我的生活涂上一些色彩吗?

书房里的三排书架高及天花板，每架上都摆满了书。在二楼，我看到了一间客房和一个洗手间。肖恩指着最后一个房间的门说:“那是我的卧室，你不用打扫的，我离开时会把它锁上。”

我点点头。他是雇佣者，我是被雇者，我只需服从命令。

三楼整个是一间阁楼，也摆满了书。肖恩说:“我每到一个城市，就要买几本书，搞得家里快成旧书店了。”

肖恩和我说定我每星期六打扫一次，兼割草、整理花园，每次付我八十加元工钱。他会把家门钥匙放在门口的脚毯下面，到时我拿出钥匙开门。

“那安全吗?”我担心地问。

肖恩耸耸肩膀:“在德鲁吉港，这十多年都没发生过盗窃案。再说，现在是网络时代了，有几个人读书呢?”

“可我总觉得把书拿在手里读，是一种享受，心里也踏实。”

肖恩正视了我一眼，说:“像你这样的人，不太多了。”

两个星期后，我已把肖恩的花园整理得有模有样了。新种下的凤仙花、牵牛花、郁金香，还有雏菊，似乎都把夏季的太阳当作了情人，舒展得妩媚。

“那花多漂亮呀！”一位金发女郎从肖恩家门口经过，指着我刚种下的金黄色的雏菊，语调有些夸张地赞叹道。

金发女郎长得和安吉拉有些相像，不过比安吉拉至少年长二十岁。她身上的大红真丝小背心，遮不住呼之欲出的双乳；她的双乳过于直挺，根本不受地心力的吸引，显然是隆过的。她把手指甲和脚指甲都涂得猩红，性感得有些招摇。

“谢谢！”我说。

“我从来没见过你，你是新搬来的吧。”

我点点头。

“肖恩早该找个女人了。”她说。

我立即解释：“我不是他的女人。”

金发女郎用一双蓝眼睛无忌地上下打量我，随后摇摇头：“你不合他的口味。”

我低下头，继续种花。对漂亮女人语调中的咄咄逼人气势，我早习惯了，而沉默，似乎永远是最好的回应。

金发女郎叹口气，离开了。我从她的叹息中听出了怜悯，而没有什么比怜悯更让我厌倦。

下一个星期六我到肖恩家时，他已坐在花园中的一把藤椅上等我了。在他的脚边，摆着一架簇新的割草机。

“我刚买了一个割草机，这样你割起来容易些。”肖恩说，眼神竟和我对视了片刻。

“其实那个旧的也还能用。”

“我最近升为‘米勒号’大副了！”他说，语调中掩饰不住兴奋。

“祝贺你！Your family must be pride of you！”（你家里人一定为你骄傲！）

他微笑起来，纠正道："是 Proud（骄傲），不是 Pride."

我很窘，低声说："我的英语很糟糕。"

"不，不，"肖恩似乎担心伤了我的自尊，连忙说，"不糟糕！你只要坚持练习，一定会说好的。我要是说中文，恐怕要咬破自己的舌头呢。"

我感激地看了他一眼。

"我准备给你加薪到每次一百元。"肖恩接着说。

"其实我的工作量没增加。"

"你做得不错。我的邻居都说我的花园漂亮了。你知道，以前他们经常抱怨我的花园不像样，害得附近的房地产跌价呢。"

"你总不在家，当然没时间打理。"

"谢谢你这么善解人意。"肖恩说，随后他又兴致勃勃地指着一棵青草对我说，"你看，我今天发现了很多棵三叶草！我一直都喜欢三叶草。"

三叶草比其他草的颜色深一些，叶片上有墨绿的花纹。开出的花是紫色的，只有指甲大小，含蓄，羞涩。

"我在网上看到过一首写三叶草的诗，我打印出来给你看。"肖恩说，随后就跑进了书房。过了几分钟，他把一首打印在白纸上的诗递给了我。诗名为《四叶的三叶草》，大意是：

我知道有一个地方，
那里太阳镕金，
樱桃树含雪绽放，
而在树下最美丽的角落，
四叶的三叶草在生长，
一叶是希望，一叶是信仰，

一叶是爱情。

你可知道，

上帝还添加了一叶幸运。

如果你寻觅，

你就会找到，

但你必须满怀希望，满怀信念，

你必须爱，还要坚强。

如果你努力，

如果你等待，

你就会发现，

四叶的三叶草生长的地方。

新割草机很好用，我提前一小时完成了工作。临走时，肖恩送了我两本C. S. 路易斯的纳尼亚传奇系列小说：《狮王、女巫和魔衣橱》和《凯斯宾王子》。

“C. S. 路易斯的小说语言很简单，”肖恩说，“读了，你会对英语更感兴趣。”

我攥着那两本书离开了肖恩的家，手心竟比平素温热了许多。它们仿佛两块魔板，连接起肖恩的世界和我的世界……

二

冬天来得迅猛而迫不及待。12月初的几场寒流，就把魏尔兰运河冻结了。大小船只都停进了德鲁吉港。港口上少了游人的踪迹和水手的说笑，陷入了冷清的沉寂。

圣诞节前一天，是该给肖恩打扫房子的日子。我打电话给肖恩，问他要不要取消打扫。肖恩说：“你来吧。”

我走进他家时，他正坐在起居室的壁火旁看一本画册。他问："天很冷，要不要先烤烤火？"

壁火燃得正旺。火焰中的温暖诱惑在空中弥散，让人有些难以抗拒。我犹豫片刻，终于摇了摇头。

在打扫结束时，肖恩问我："你今晚有什么计划吗？"

我摇摇头。

"我今年决定不回家过节，想安静一些。"肖恩说。

他的生活难道还不够安静吗？我心想，随后问："那你爸妈不会难过吗？"

"我爸十年前就和我妈离婚了。我妈会为我难过吗？"肖恩从鼻子里"哼"了一声，"除非炼狱结了冰！"

我有些惊讶地看着他："不要这样说。"

"在她眼里，我永远都是失败者、落水狗……"

"这怎么可能？"

"她希望我读大学，当律师，或医生，就像我哥和我姐一样，但我从小不喜欢上学，经常逃课……"

"可你喜欢读书呀，你收藏了这么多书！"

"我读的都是杂书。"

"我以为加拿大人不像我们中国人那么看重教育。"

"教育是和地位联系起来的，世界上没有哪个人种不看重地位。"

我一时无言以对。

幸好肖恩转移了话题："你会做中国餐吗？"

"当然。"

"要不，"他有些腼腆地说，"我们一起做一顿饭吧，我还从来没在圣诞夜吃过中国餐呢。"

"那好呀。"

"你会做甜酸鸡吗?"他有些期待地问。

我微笑起来:"从来没做过,甜酸鸡是美国式中餐,口味不正宗。"

"那就做你拿手的吧。你写个单子,我去买。"肖恩看看墙上的钟,"但愿超级市场还没关门。"

一个小时后,我已开始了煎炒烹炸。肖恩围着我转来转去,其实也帮不上什么忙。我做了四菜一汤:虾仁芒果沙拉、可乐鸡、蒜茸雪豆、宫保鱼片、蔬菜汤。

我和肖恩在餐室里相对坐下之后,他打开了一瓶陈年的法国红酒,给我和他自己各斟了一杯。酒在杯中微漾,溢出意味深长的猩红。

"下雪了。"肖恩轻声说。

我转过头去,看到窗外的雪花开始在树间旋舞。虽然早晨电视里的气象预报员说那天无雪,我们竟意外地拥有了一个白色圣诞。

肖恩赞美了我做的菜,并且把宫保鱼汁倒进米饭里,一滴不剩地吃干净了。

我们断断续续地谈了一些各自的家事。虽然我英语说得磕磕绊绊,但总算把自己的故事讲了个大概。

我生于普通人家。我爸少言寡语,家里的事都由我妈做主。我妈说她今生最大的成就是生了一双儿女,而最大遗憾是生了个丑女。我就是那个丑女,用我弟扬的话形容,"长相愧对观众"。狭长眼睛、扁平鼻梁、厚嘴唇……五官无一符合中国人的传统审美标准。

我妈还不止一次说,老天该把我和扬的脸调换一下,男孩子生得俊俏实属浪费。老天不肯听从我妈的安排,于是我和扬都有麻烦。扬整日被女孩子们追捧,朝三暮四,到了三十岁还没娶妻生子，而我即使在芳龄十八时也无人问津，年过三十仍待字闺中。

我大学毕业后，被分配到东海学院当老师。因我妈体弱多病，我一直住在家里，承担全部家务。我爸妈只有一套两居室，原本我住一间，我爸妈住一间，扬睡客厅。后来，扬因一时“操作不慎”，使他当时的女友怀孕，只好奉子成婚。我把房间腾出来给他们，搬进了东海学院的青年教师宿舍。

我在事业和个人生活方面一直无所建树，人挪活，树挪死，也许换个国家就能柳暗花明，于是我办了加拿大移民。不过现在我知道了，“人挪活”不是一朝一夕的事情。

最近扬下岗了，我妈打电话找我要钱。我只好把这半年存下的钱都寄给了家里，我又要从头开始。

“我的钱是一块一块地存下，一百块一百块地寄回去。”

“你没有这个义务！”肖恩说。

“每个家庭里都有一个孩子要做出牺牲，再说我欠我妈的养育之情。”

“你不欠任何人。她当初选择养育你，就不该期待回报。”

“我怎么忍心不回报呢？”

“你有负罪感，是不是？你的家人利用的就是这种负罪感！”

“肖恩，这个话题太复杂了，我……和你不一样。”

“你又错了，你和我是一样的，你该摆脱这种命运。那样你会轻松得多。”

“不是每个人都能摆脱的。我跑到加拿大来了，还是被家里人控制。”

“你到这里来，就为了当清洁工吗？”

我低下了头，说：“不，其实我很想读书。”

晚餐之后，当肖恩再次邀请我坐到壁火旁时，我答应了。

“你的嘴唇非常性感!”肖恩说。

平生第一次有人赞美我的嘴唇，我简直不能相信自己的耳朵。在国内因为容貌受过很多歧视，此刻竟然得到赞美，这也算东边不亮西边亮吧。

“我在电视里看到一个日本的超级名模，长得很像你!”

“像我的人能成名模，她的运气也太好了!”

肖恩眯着眼笑起来:“我喜欢你的幽默感。”说罢，竟伸出手把我揽进了怀里。当他把嘴唇靠近我的脸时，我竟嘟起双唇迎了过去。既然是性感双唇，就不应该永被冷落……我的唇如两片雪落入壁火，迅速融化在他的亲吻中。在这样凄清的白色圣诞夜，我对热吻向往到了骨髓里。

肖恩牵着我的手走上楼梯。我的手腕轻微抖动，眼前一片昏暗，暧昧的诱惑的昏暗……心想，不管自己今晚做出什么事，都是那瓶陈年法国红酒惹的祸……

肖恩没有去开灯，而是把我轻轻放到床上，我很快便像一艘小帆船在湖水中漂荡了。他以水手的本能和对船的呵护，在和风细雨的温润之后，驾着我转过峰峦，绕过悬崖，终于把我推向了惊涛骇浪的顶尖，我发出惊天动地的叫喊……在浪涛平缓处我听到了他的粗重的喘息，随后水面如镜，万物归于安宁……

早晨醒来时，我发现自己躺在客房的床上。肖恩竟然没有带我进他的卧室，那间他一直锁着的卧室!

我穿好衣服，下了楼，看到肖恩正站在厨房里煮咖啡。我和他有些尴尬地互道了一声“早安”。他并不正视我，两眼盯着咖啡壶。

我轻声告辞。

他问:“不喝杯咖啡再走吗?”

我摇摇头。

街是出人意料的冷寒，安静得似乎听得到落雪的声音。小城圣凯瑟琳在狂欢了一夜之后，仍沉睡着。

肖恩的吻还在唇上燃烧。

男人对于我，似乎还是一部藏满神秘文字的书。在国内时，我的亲戚同事们先后给我介绍过几个男朋友，学数理化的都有。在情场上我像一个蹩脚作家，写小说开了个头，就常常没了下文。只和一个学化学的瘦高个，在情节上有所进展。年过三十不解风情，我却时时把挫败感藏得严实。当他对我稍有亲昵之举，我就几乎有些迫不及待地献身。不久，瘦高个的妈妈得了癌症。他是个大孝子，决定回老家山西照顾他妈。我和他没发过“非卿不娶，非君不嫁”的誓言，他也没有邀我一起远走天涯，这段关系便草草收尾了。

“肖恩，肖恩……”我一边开车，一边练习他的名字的发音。

这个名字，会成为我生活新小说的主角吗?

新年前一天，“阳光少女”安吉拉突然失踪了！安吉拉在下班后没有回家，她的父母等到凌晨不见她的踪影，便报了警。我和肖恩到所有安吉拉可能去的地方都找过了，不见她的踪迹。“阳光少女”怎么会像一滴水似的从人间蒸发呢?

“她一定离家出走了，不肯和我们打招呼……”肖恩一次又一次喃喃地说。

我在养老院的休息室里看不到安吉拉，空气中少了她的甜丝丝的青春气息，似乎只剩下枯老的酸涩。心仿佛一只木偶，被无数条隐形的线无情地牵动着，生生地痛。

下一个星期六，我按时到肖恩家打扫房子，他不在家。在我快要离开时，他回来了，温存地吻了一下我的唇，问：“有没有兴致到运河边走走?”

数九寒天，到运河边走走? 这大概是纯肖恩式的浪漫。

由秋入冬，运河的颜色已从碧蓝转为苍灰，在远处和灰蒙蒙的天空连成了一体。附近几乎没有游人，唯有擦肩而过的冷风，我不由得打了个寒战。肖恩伸出手，搂住了我的肩头。

“冬天真是最难熬的季节，”肖恩说，“不能出船，在家里闲着，闷死了。有家的水手可以陪陪老婆、孩子，像我这样的，就只好挨着。”

“那你……怎么不成家呢?”我忍不住问。这是很隐私的问题，但我还是不顾冒犯他的风险，问了。也许在潜意识中，这个问题的答案对我十分重要。

“我……”肖恩嗫嚅着，“夏天有时一出船就几个月，没有女人愿意等……”

“可你的许多同事都结婚了呀?”我仍追问不舍。

肖恩松开了他的手，有些尴尬地说：“大概因为我这倒霉的性格吧。”

“我不觉得你的性格有什么不好。”

“结婚，就要面对现实中没完没了的琐事，我担心自己处理不好。”

“也许琐事不像你想象的那么难。”

“还是不谈这个话题吧。”肖恩叹口气说。

我沉默了。和天下许多男女一样，我和他也像冬天里的刺猬，渴望靠近，以彼此的身体取暖，又担心身上的刺扎痛对方，何况我们是两只出生于不同半球的刺猬。

傍晚，肖恩带我来到“苏格兰短裙和三叶草餐馆”。餐馆的墙上除了装饰着各色艺术品，居然还挂着十几条苏格兰呢方格短裙。短裙有大红的、墨绿的、灰蓝色的，每条都缀着一块写有女孩子名字的白布。

迎接我们的是一位颇有风度的中年男人。见到肖恩，他微笑起来："肖恩！晚上好！"

"嘿，我的老朋友，晚上好！"肖恩说，并把我介绍给中年男人，"这是蕾，这是经理吉姆。"

"欢迎你！"吉姆绅士气十足地捧起我的右手，吻了一下我的手背，随后他问肖恩，"老位置吗？"

肖恩点点头。

吉姆把我和肖恩领到了角落里的沙发座位。

"墙上怎么挂了这么多苏格兰短裙？"我好奇地问吉姆。

"这些裙子都是以前的女侍应生穿过的，她们离开了，就把短裙留给餐馆做纪念。"

我恍然。以女侍应生的短裙作历史标记，这家餐馆可算别出心裁吧。

肖恩的手机响了，他走出门去接电话。是出于礼貌，还是不想让我听到他和别人的对话？我隔着窗玻璃打量着他在寒风中有些抖颤的身影，暗自思忖。

吉姆问我要喝什么饮料。

我说："英国茶，但我不知道肖恩想喝什么。"

"朗姆酒，多少年了，他在这里都喝同一种酒。"

"你和他很熟吗？"

"当然，我和他前妻莎朗在这家餐馆共事了三年。"

我有些意外地望着吉姆。

"那是二十年前的事了，时间过得真快。肖恩就是在这里认识莎朗的。可惜他们的婚姻很短命。你看，你背后就是莎朗的短裙。"

我转过头去，看到了一条大红底子带黑格的短裙。一小块白布被人用两枚三叶草形状的铜别针固定在短裙上，上面的名字正是

"莎朗"。我的眼前浮现出肖恩在花园里见到三叶草时的惊喜神情，这难道是巧合吗？我注意到裙旁还有几张照片，于是问："那照片上有莎朗吗？"

"这张上就有！"吉姆指着桌旁墙上的照片说。

这时我才意识到莎朗竟然近在咫尺！

照片上有两个女侍应生，一个棕发，一个金发，两人合捧着一个硕大的汉堡包，站在餐馆门口纯真而又风骚地嬉笑着。我突然认出其中那个穿红底黑格短裙的竟是在肖恩家门口和我交谈的金发女郎！

我指着金发女郎问："这就是莎朗吧？"

吉姆点点头："你猜对了！"

"她很漂亮！"

"漂亮女人最容易给男人幻觉，其实漂亮不是幸福的源头。"吉姆说，随后就去给我拿茶水了。

肖恩显然是这家餐馆的常客，但他为什么带我到这里来，并坐到莎朗的照片下，仰头就可以看到莎朗的短裙？他仿佛无意中把我关进了他的记忆黑箱，让我茫然甚至几乎窒息。

肖恩回到自己的座位上后，一直皱着眉。

"有什么不开心的事吗？"我问。

"我妈打电话，又教训了我一通，抱怨我不过正常生活。"

晚餐是在沉默中进行的。我想安慰他，但不善于用英语表达；想和他谈谈莎朗，又怕触动他的心事。

那一夜，我和肖恩躺在他家客房的床上，在黑暗中像两潭相距甚远的静水般想着各自的心事。关于三叶草的诗句一直在我的脑子里徘徊着：一叶代表希望，一叶代表信念，一叶代表爱情。

我向往的祈求的，难道不就是一叶永不落地的爱情吗？

三

春天姗姗而来，肖恩花园里的花草又红红绿绿地绚丽了起来。肖恩开始出船，很少在家。我一边期待肖恩的电话，一边不停地试图在头脑中扼杀我的期待。我突然寂寞起来。原来心中有了期待，才懂得了寂寞。

直到维多利亚日那天，他才打电话给我，说他回圣凯瑟琳了，约我去湖滨公园。

两三个月没有见到他，他的样子似乎变了一些，但又不能确定哪里变了。对于我，他似乎永远是一个熟悉的陌生人。

我们在湖滨公园的一组旋转木马旁停了下来。肖恩告诉我这组木马是古董，共有六十八匹，20 世纪末在纽约制成的，后被加拿大人买来。在历代人不停的粉刷、维护下，颜色依然鲜艳。

“我们一起坐木马吧。”他建议。

我犹豫：“这是小孩子坐的。”

“你看，很多大人也坐！再说只要五分钱。这是你在加拿大能找到的最便宜的娱乐！”

我被肖恩说服了。他买了票，就拉着我的手跳上了木马的转盘。

“你喜欢什么颜色？”他有几分孩子气地问我。

“所有彩色！”

他扶我骑上了一匹浅蓝色的木马：“这个颜色和你很相配！”

这时一个七八岁的男孩走到肖恩旁边问：“你能扶我上木马吗？”男孩有一头鬈发，小脸胖嘟嘟的，神情可爱，很像油画上的爱神丘比特。

肖恩眯起眼笑了：“当然！不过，”他指了指我，“你不能坐这位女士身边，因为那是我的专利！”

男孩点点头。

肖恩扶着男孩上了一匹红色木马："这匹跑得好快!"

"你骗我，所有的木马跑得一样快!"

两人大笑起来，肖恩的眼神中流露出我从没见过的慈爱。随后他坐到我旁边的一匹棕色木马上。木马开始旋转了，孩子们发出呵呵笑声。木马旋转得很慢，似乎执意要把人带入白日梦中。蓝天、湖水，还有肖恩的笑脸，在我眼前转过。

他笑起来的时候几乎是英俊的。

"我从小就觉得坐旋转木马是浪漫的事……" 肖恩说。

"谢谢你!"

"谢什么?"

"和我分享一件浪漫的事。"

肖恩轻轻拍了拍我的手背："世上再好的东西，没人分享，也就没有意义了。"

下一个周六，在肖恩家，我看到一堆皱皱的衬衣被随意地放到洗衣房的木台上。在打扫完房间后，我找出了熨斗和熨衣板，开始熨烫肖恩的衬衣。

衬衣虽是洗过的，但肖恩身体的气味似乎还是在蒸汽中散发出来。为一个男人熨衬衣的感觉，很特别。

肖恩回来了。他立在洗衣房门口，惊讶地望着我。他的眼神不仅是惊讶，简直是恐惧，对一个侵入者的恐惧。

他磕磕绊绊地说："这……这不是你的分内工作。"

"我……只想帮帮你。"

他似乎有些尴尬，又有些愠怒："我不习惯这样的帮助。"

我和他相对沉默了几十秒钟。他不能习惯的原因究竟是什么?一个真实的女人，还是一种明确的关系?

我匆匆忙忙地收起了熨衣板和熨斗，离开了肖恩的家。

没有吻别。

一个女人，热气腾腾地为自己熨衬衣，肖恩大概被这样的画面吓坏了，我猜想，亲近，常是令人恐惧的。

安大略湖连续几天风猛浪急。肖恩和他手下的船员开着米勒号船从圣劳伦斯湖回到安大略湖，发现了一具漂浮的残骸。他们把残骸打捞到甲板上，立即报了警。警方对残骸进行 DNA 验证，确定那正是安吉拉的。

当天，这件事成了圣凯瑟琳各种媒体的头条新闻。我从电视上看到了残骸，惊骇地睁大眼睛，全身的毛孔都竖了起来，不能相信那曾是像芭比娃娃一样美丽的安吉拉。

记者采访肖恩打捞残骸的经过。肖恩满面倦色，眼含清泪，声音沙哑，只说了一句话："我的心完全碎了。"

警方转天又进一步验证出安吉拉之死为他杀。

小城被悲哀和恐惧笼罩着，很多人甚至都不敢凌晨到公园里遛狗了，因为杀人凶手可能就藏在丛林中。

我给肖恩打了几次电话，都没有人接，猜想他关机了。三天后，他终于接了电话，告诉我他原本计划休假的，但因为二副生病，他又上船了，去蒙特利尔。

过了一个星期，我在圣凯瑟琳当地报纸上，读到米勒号抛锚在浅窄河道的新闻，米勒号给航运公司造成了巨大损失。虽说当时驾船的不是肖恩，但他是大副，应该密切监督舵手，因此被降职为普通水手。

一个星期后，我去肖恩家打扫卫生，他不在家。又过了一个星期，他依然了无踪影，但在厨房的餐桌上给我留了一百元现金和一张字条。他在纸条上只写了短短的两句话：

蕾，因为个人原因，我决定不再请人打扫房间和整理花园了。谢谢你的帮助，并祝你好运！肖恩。

我脑子里突然一片空白。就这么简单的一句话，没有遗憾，没有歉意，就把我隔绝到他的生活之外。

我给肖恩家的每个房间都做了一次彻底大清扫，除了他那间紧锁着的卧室。我把他的每一件银器、每一副刀叉都擦得发亮，尽管那不是我的分内工作。我最后细心地给花草浇了水，看到它们在阳光下舒展枝叶，我终于满意地离开……

后来我几次特地开车路过他家门口，期望能碰到他，或者看到他坐在树下，但满目只是花园中的杂草。

终于有一次，我在苏格兰短裙和三叶草餐馆门口，撞见肖恩正和一个金发男子打斗。肖恩的头被金发男人用棒球棍打出了血，肖恩把对方的胳膊扭伤了。

我哀求两人："别打了！"

他们对我完全视而不见。

吉姆打了911。警察很快赶来了，把肖恩和金发男子押上了警车。

吉姆目送警车离开，叹了一口气："这两个冤家！"

"他们为什么打架？"我问吉姆。

"那个金头发的，叫弗雷德，本是肖恩最好的朋友。不过有一次肖恩去他公寓，撞到莎朗正和他睡在床上！"

"天哪！"我不禁轻呼一声。

"后来莎朗和肖恩离了婚，跟弗雷德结了婚……弗雷德和莎朗也就成了肖恩的心病。"

"这是什么时候的事？"

“大概十八九年前吧。”

“那肖恩怎么对这事还念念不忘呢?”

“唉,”吉姆叹口气,“很多人一辈子都在死角里转悠。”

到半夜时,肖恩从拘留所打电话给我,请我去保他,我答应了。

我替他付了五百元钱罚款,他便重获了自由。没有拥抱、亲吻,也没有热泪盈眶,我们相随着平淡地离开了拘留所。

“给你添麻烦了。”他低声说。

“没关系,我只希望这样的事不要再发生了。”

肖恩沉默。

他从来不会应允我什么。我想。

“明天我就会寄一张五百元的支票给你。”肖恩转移了话题。

我开车送他到他家门口。我停了车,望着前方,不愿让他看出我眼中的期待。他并没有立刻下车,只伸出手,轻轻按了按我搭在方向盘上的右手,说了一句“对不起”。

“不用说对不起。”我几乎噙着泪说。

“你知道我是一个失败者……”

“你可以不当失败者的,你对我说过,人是可以摆脱自己的命运的。”

“其实我多么想摆脱……”

他下了车。我转过头去看他的背影。他的背,不知从什么时候起,已有些微驼了。

我和肖恩的心曾长出了手指的,可终于没能触摸到对方……

一个星期之后,我又看到了一则震惊全城的电视新闻:安吉拉的案件已被侦破,凶手竟是弗雷德!而突破案件的关键正是肖恩和弗雷德的殴斗案。那天警察在拘留弗雷德和肖恩之后,在取指纹时,无意中发现弗雷德的手臂上有一道月牙形的咬痕,便好奇地询问原因，弗雷德支支吾吾，引起了警察的怀疑。随后警察证实了咬痕正与安吉拉的牙齿形状吻合……

愤怒的小城人几乎每天都在关注安吉拉案，过了一个月，案情便更加明了。弗雷德并非单独作案，而他的帮凶正是金发女郎、肖恩的前妻莎朗！

原来弗雷德和莎朗结婚后，经常抱怨莎朗不是处女。莎朗担心弗雷德抛弃自己，答应帮他找处女寻欢。莎朗在商场做销售员，有机会接触中学女生，便刻意和她们交朋友，请她们到家里开派对。莎朗灌酒给她们喝，播放色情录像给她们看，然后让弗雷德强奸她们。弗雷德得手了三次。这三位少女以为自己醉酒后丧失理智，也没有足够证据起诉弗雷德和莎朗，只好忍下屈辱。

当弗雷德垂涎安吉拉时，莎朗有些不想下手，毕竟安吉拉是肖恩的表妹，但弗雷德以离婚相威胁，她便狠下了心。她主动帮安吉拉修改毕业典礼礼服。那天，莎朗开车等在养老院门口，在安吉拉下班后直接把她载到了自己家试穿礼服。

莎朗给安吉拉的可乐中放了安眠药，使她很快陷入昏睡，但当弗雷德接近时，安吉拉突然醒来，并开始顽强反抗，甚至咬破了他的手臂，并高喊着要报警。弗雷德一怒之下，和莎朗一起用枕头闷死了安吉拉，并在深夜把她的尸体装进一个睡袋，丢进了安大略湖……

我捂着脸哭起来。那个爱美的渴望当模特的金发少女，那个永远笑得真诚无邪的阳光少女，就这样被杀害了。

在许多个夜里，我一次次地揣想肖恩的心境，猜测他如何接受莎朗杀人的现实，而被害者是他的表妹……

四

肖恩的家门窗紧闭，落叶在花园的地上厚厚地铺了几层，遮住了三叶草的姿影。小径上没有肖恩的足迹，四周静寂得有几分悚人。

夏去秋来，我终于鼓足勇气，想再和肖恩谈谈。

肖恩的邻居，一位戴金丝边眼镜的男人，告诉我肖恩得了胰腺癌，住进了总医院。

我来到总医院，请护士带一个口信给他，希望能进病房看望他。他拒绝了："请不要让我和这个世界再有任何牵挂。"

他真的可以不要一丝牵挂？

两个月后，我意外地接到肖恩母亲玛西娅的电话。她告诉我她从肖恩那里拿到了我的号码。

"肖恩上个星期六去世了。"她说。

我在电话的另一端沉默。我心底留存的肖恩的温热，被死亡的秋风掠走了。

玛西娅问我愿不愿意帮她最后打扫一次肖恩的房子，她身体不好，其他儿女又都不住在圣凯瑟琳。我毫不犹豫地答应了。

第二天我到肖恩家时，玛西娅正坐在厨房肖恩常坐的位置上喝咖啡。玛西娅身材笨重，神情哀伤，似乎使整座房子的空气都变得沉闷了。

"我是蕾。"我说。

玛西娅说："谢谢你来帮我。"

"其实我是帮我自己。"

我慢慢地环顾四周。物是人非。那个曾把我拥入怀抱，那个世界上唯一的认定了我有性感嘴唇的男人，开始了永无归路的远行……

玛西娅说，她被肖恩指定为遗嘱执行人，要卖掉房产，当然在卖房之前，必须把房子打扫干净，把所有的垃圾扔掉。

"这里没有什么垃圾呀？"我不无惊讶地说。

“你到他卧室里看看就知道了。”玛西娅叹口气说，站起身，“我头痛极了，要到沙发上躺一躺。”

肖恩卧室的门竟敞开着。我走进卧室，立即被眼前的景象惊呆了：书架上、床头柜上、地毯上、窗台上堆满了《花花公子》《画廊》《夜总会》等色情杂志。肖恩大概把过去二十年出版的色情杂志都收集齐全了。还有一摞摞的色情录像带，其中的主角无一不是金发碧眼、巨乳丰臀的美女。

肖恩曾沉醉在这个虚妄的情幻世界里，一次次在想象中复制他与莎朗的爱情，借此满足自己。难道幸福只存在于幻想中吗？病态的痴迷究竟给人多少安慰？

爱可以拯救，也可以毁灭，可在陷入爱情时，世上有几个人能看清拯救与毁灭的边缘？

真实的男女关系总是沉重复杂的，让他无力面对。除了莎朗，他究竟爱没爱过一个真实的人?!

我被这个问题激怒了，血似乎都涌到了头上。我在他的卧室里发疯般地寻找，希望能在众多半裸甚至全裸的金发美女中间，找出自己在他生活中的痕迹，哪怕是一丝痕迹。

大约一个小时后，我终于在床头柜的抽屉里，发现了一本诗集，诗集中夹着两张票根，我看看上面的日期，确定了那是肖恩和我一起坐旋转木马的票根！

我疲惫万分地瘫坐在地毯上，手里捏着两张薄薄的票根，热汗淋漓，艰难地喘息。不知过了多久，我把票根小心地放到钱夹里，然后到厨房里找出一盒大号的黑塑料垃圾袋，把杂志和录像带分别装了进去。

杂志里发出陈腐气味，刺激得我忍不住跑到洗手间里呕吐。我几乎把心都呕了出来……

我把垃圾袋一一搬下楼，摆到了房前的马路沿上。我认真数了一下：一共二十七袋！黑黝黝地、凄哀哀地排列在秋日的萧瑟中……这曾是肖恩整个的情幻世界，现在被压缩进了垃圾袋，等待工人把它装上卡车，带到远处去销毁。

我最后一次整理了肖恩的花园，无意中竟发现了一枚四叶的三叶草，我把它也小心地夹到钱夹里。三片叶子分别代表希望、信念、爱情，而最后一片叶子，象征幸运。

离开肖恩的家后，玛西娅和我一起来到了魏尔兰运河边。过了不久，米勒号慢慢地驶近了。玛西娅和我向米勒号轻轻地挥手。船员们鸣了三声笛，随后把肖恩的自行车放进了湖水里。

“肖恩总是把他的自行车带上船，这样每到一地，他就可以上岸逛一逛，买买书，看看市景。”玛西娅说。

自行车慢慢地漂向了天苍水茫的远方。

玛西娅叹了口气说：“我这些年也许对肖恩太苛刻了。这一次到他家，我才发现我对他的了解其实很少。”

我沉默。世间的理解、宽恕，甚至爱，是不是一定都要迟到？

在离开圣凯瑟琳的前一天，我接到了一个陌生男人的电话，他自称是肖恩的律师约翰，约我到一家波多黎各人开的小咖啡馆见面。

到咖啡馆时，约翰已坐在一个靠窗的座位上等我了。

“肖恩留了一份遗嘱，其中有一条和你有关。”约翰告诉我。

“和我有什么关系？”我颇感意外。

“他要求在卖房的钱中，留出五万加元，替你支付在加拿大读大学的学费和读书期间的生活费。”

我惊讶万分地看着他“这……这……怎么可能？”

“我不会搞错的。”

“但我真的没为他做过什么……”

“你在他的生活中出现了，作为一个真实的人，这就够了。”

“我对他了解得还是太少了。”

“他给你这笔钱，是有附加条件的。”

“什么条件?”

“你必须先被一家大学录取，我会把学费直接寄给学校，然后你把房东地址给我，我每年替你交房费……”

我懂了肖恩的良苦用心，他是担心我不去读书。

当我打电话把这个消息告诉家人后，我妈和扬一致要求我把钱取出来寄给他们做股票。

“这不可能，我取不出来，我只有读书一条路。”我说。放下电话后，我竟轻轻地笑了。这几乎是我平生第一次向家人说“不”。

我来到了“苏格兰短裙和三叶草餐馆”向吉姆道别。莎朗的短裙被一条蓝绿格的取代了，她的照片也消失了。吉姆告诉我，那天电视新闻刚一播出莎朗和弗雷德作案的真相，肖恩就冲进餐馆，凶猛地把莎朗的短裙和照片从墙上揪下来，丢到门口，然后淋上汽油，用一根火柴点燃了……

他蹲在地上，两眼盯着火苗，随着短裙和照片化为灰烬，他的眼神也慢慢地沉入了无底的灰暗。

他在孕育了爱情的地方亲手焚烧了爱情……

三年之后，我从多伦多大学取得了心理学硕士学位，在商业区开了一家心理诊所。我在报纸上登的广告是专门诊治有 obsession（痴迷）症的病人。

在心理诊所开张的第三天，我迎来的第一位客户，四十五岁的凯恩。他在档案上填写的病症是“网络性爱痴迷症”，他因痴迷症失业，健康每况愈下，又被孤独困扰。

褐色的眼睛，略有些稀疏的头发，黝黑的皮肤，有些谦卑，又有些害羞的神情，凯恩立刻令我想起了肖恩。

凯恩在我的办公室坐下后，第一眼便注意到了墙上一片镶在镜框里的三叶草。

“四叶的三叶草？这很少见，是你自己找到的吗？”凯恩问。

我点点头。

“你很幸运。”凯恩的语气中有些羡慕。

那片三叶草像一枚魔匙，打开了重重的记忆之门：肖恩的花园，圣诞夜的壁火，旋转的古老木马，碧蓝的魏尔兰运河……

也许我也爱过的，不过是以我的方式，我想，如果能用幸运换一份爱情，我不会吝惜的。我的眼泪竟迸溅而出。

“对不起，我大概说了不该说的话……”凯恩低声道歉。

我这时意识到面前坐着的是自己平生的第一位客户，于是不无尴尬地揩干了泪，尽力用平缓宁静的语调说：

“凯恩，我们开始吧，给我讲讲你的故事……”

发表于《文学界》2009 年第 6 期
《小说月报》2009 年第 8 期转载
进入中国小说学会 2009 年中国小说排行榜
入选《21 世纪年度小说·2009 短篇小说》《2009 小说金牌榜》
繁体版连载于《世界日报》2009 年 3 月 7 日至 3 月 20 日

微情

5 月初，江湖海对突然闷热起来的天气，有些措手不及。皮肤下密密地布着云，全身的毛孔封闭，酿不出汗滴。他通过微信叫了出租车，随后等在街口。城市还是那座城市，熟悉、陌生。正值下班高峰期，车流鱼群般奔涌，不过比鱼群更无序。行人匆匆，脚步生出热风。最近几个月，他经常上气不接下气，此刻更像一只刚蜕变成的青蛙，从池塘里爬上岸，一时不能适应用肺呼吸。他看过医生，还耐着性子把全身的若干个部件，搁到先进的医疗仪器下一一扫描。医生比他至少年轻十岁，早生华发，翻了翻检查结果报告单，说，按你的年纪，你的呼吸算正常的。江湖海折腾了两个多星期，连一句同情的话都没得到。

为打发时间，他从裤袋里拿出手机，刷了刷微信朋友圈。他真名叫江中石，两年前注册微信，给自己取了江湖海这个气度非凡的微信网名。当时私下里自嘲过，男人向往气度非凡，和女人向往柔情万千没什么两样。他受邀加入了几个群：家属群、同事群、大中小同学群、业余羽毛球队群，另外还链接了一些零散的微友。在每一个群里，他都是一只潜水的呆鸭，既不抨击时事，也不转发即刻被删的消息，也很少在朋友圈里分享瞬间。他的生活内容不算贫乏，比如他携妻带女到马尔代夫旅游过，可以晒晒天空啊，大海和沙滩啊，但马尔代夫的角角落落，甚至小摊上被剖开的椰子，早被微友们地毯式地覆盖过了。

他对微信不太着迷，连张头像都懒得上传，不像诸多男人那样抱苹果手机入睡。他也不抱妻子入睡，这倒不是他们之间有什么感情危机。两人前后脚迈过了五十岁的大坎，卿卿我我的激情，像后半夜壁炉里的火，温热尚存，但早没有了白炽的火焰。公平地讲，妻子保养得不错，虽不敢号称“逆生长”，但比起同学群里那些自封“大妈”的老“童鞋（同学）”，算风韵犹存。她掏腰包买美容保健品，该下手时即下手，一点也不含糊，还独创了一句口号：再委屈也不能委屈脸蛋！搞得家里到处都是她的坛坛罐罐。妻子比他收入高。经济地位决定政治地位，在她面前，他永远当不了异议人士。

“哗”的一声，一个微信名降落伞般凌空悠悠绽放，霞在中学同学群里露面了！街上的车流凝固，行人止步，江湖海屏住了呼吸。

高中同学群是老高一手建起来的。老高处于半退休状态，手里有大把时间。读书时他在班上当生活委员，两年前挑起了帮助老同学“打造精神新生活”的重担。他的建群原则和老谋子拍的电影异曲同工，“一个都不能少”，不但把远住边疆，而且把“漂泊海外”的同学们都拉进来了。霞一露面，他立即推出肥肥小熊敲锣打鼓的动画，召唤“全村”集体欢迎。霞和同学们失联了三十多年了呀。人一生有几个三十年？他不无得意地宣布，他通过各种渠道打听霞的下落，终于功夫不负有心人，不但找到了定居美国的她，还亲自拨打越洋电话，说服她注册微信，火速入群！同学们递玫瑰，献热吻，嘘寒问暖，填诗作词，忙了个不亦乐乎。

霞的微信头像不是个人写真，而是一幅湖水风景照。水面上云霞漂浮，白莲独立，霎时给站在闷热街头的江湖海送来一片清凉。天知道那是在哪里拍的，澳大利亚、新西兰？还是美国、加拿大？总之是一个较少污染的地方。

霞真正进入江湖海的视线，是在高三开学的第一天。霞在暑假里长了一大截个头，走路时身子似不经意地摇曳。她像一幅暗室里的油画半成品，突然被艺术家在眼睛上点了彩，摆到了阳光下，一夜之间变得风姿照人。班主任把她调到了他右侧前排的座位，从此她距离他仅有一米之遥！他甚至能看清她耳垂旁细细的绒毛。有一天，语文期中考试的试卷发下来了。霞拿起自己的考卷，爆发出一串笑声，用不久前学的诗句形容正合适，“大珠小珠落玉盘”。原来她在匆忙间把“不绝如缕”写成了“不绝如搂”。不绝，当然就像搂住了一样！她对后排的女生说，替自己辩护。这句话简直是投入糯米缸的酵母，在他懵懂少年的心中，酿出了多少醇酒的迷香。但他那时一门心思考大学，不敢涉足早恋的雷池。

出租车一直不见影。江湖海突然心血来潮，取消了预约，决定走路回家。他以车代步多年了，去停车不方便的地方就叫出租，但这一天非同寻常，霞回到了他的生活中。像有人突然往他嘴里塞了一只苹果，他需要一些时间，把苹果拿出来，细细地咀嚼品味。他挪动有些麻木的双腿，鼓起远行的勇气。一走动起来，毛孔竟悄悄地张开了，汗急不可待地发散。空气难得地清爽了起来。

华灯初上。街上的灯比二十几年前亮多了。

对比高中时的其他同学，他和霞有过更多的交往。他和她虽然不在同一座城市读大学，但毕业后被分配到了京城的同一家单位工作。他偶尔在办公大楼里或食堂里遇到她。老乡见老乡，不至于两眼泪汪汪，但心里总是欢喜的。聊天时，彼此也没有机关里微妙长存的戒备。

金秋十月，单位给每个员工分一箱国光苹果。下班后他找了一根麻绳，把苹果箱绑在旧永久牌自行车的后座上，准备回家。在大门口他看到了霞，她的脚旁放着一箱苹果。他问她是不是等人，她的脸立即涨红了，费力地点了点头。她的男友答应来接，却一直不见人影。男友比她年纪大不少，在一家大报当记者，结交了不少媒体界的朋友。这家伙组织一班人马，说服企业家们出资买下大报的版面，随后为他们撰写报告文学发表，他在中间拿回扣，赚了不少钱。对于企业家们，这比花钱登广告便宜得多，既出名，又促销产品，何乐不为？江湖海打心底里觉得霞和这个记者不合适，但也不好直说。他替她看着苹果，叫她去传达室打电话。过了一会儿，她回来了，藏不住脸上的失望，原来大记者临时有事，只能失约。那时江湖海和霞的工资很低，根本不会考虑打车。他把麻绳解开，把她的苹果箱压到了他的上面，帮她送回家。

两人从西单到蓟门桥，并肩慢行。街两旁的银杏树变成了金黄色，不知为什么在此之前竟忽略了。街灯亮了起来，他们在地面上的投影似乎亲密了些。他们聊了许多中学时代的趣事。在这座人流熙攘却不免孤单的都市里，安谧的故乡小城带来几分童话般的幻觉。他们才二十五岁，那么早就开始回忆了，仿佛走进一部经典怀旧的黑白影片。她在一幢灰色筒子楼前的路灯下停下了脚步，说："我的宿舍到了。"他似乎还沉浸于电影的情节里，灯光大亮，突然慌乱了起来。他帮她卸下了苹果，但没支稳车架，车子立即向她倒过去。幸好两人都机敏，飞快地去抓车把，他的手就完全握住了她的。他仿佛握着一只受惊的小鸟，绒毛细软，身体温热，甚至感受到了怦怦的心跳。他的下颏离她的头那么近，他只要挪动一寸，就会触到她的一袭乌发；如果再挪动几寸，就能吻到她莓果般鲜润的唇。可他纹丝都动弹不得，脑子里简直是一块剧终后的白幕布。不知过了多久，十五秒，还是半分钟？她轻轻地抽出了自己的手。他和她之间隔着的，还是那辆永久牌自行车。

他到外地出差一个月，回来后听同事说，她来向他道别，但没留下联络电话。据说她和上司发生冲突，居然一咬牙、一跺脚就辞职了。大家七嘴八舌地批评她孩子气，这么轻易地放弃大好前途，多少同龄人朝思暮想她的职位。看她一副斯文模样，没想到脑后长着一块反骨！他认识她的上司，没看出那人和自己的上司有多大的差别，有多么不可忍受。他站在大办公室的中央，不明白在初冬季节，空气怎么突然滞闷起来。

他反复想，如果那天晚上他吻了霞，后来的剧情会怎么发展？他拥着她走进宿舍，在弥漫着苹果香气的小床上，把在脑海里演习多遍的幻想变成酣畅的实战。他动用了所有想象的画笔，默默描绘她裸体的样子，创造力前所未有地活跃。他没接到过她的电话，后来听说她出国了。斗转星移，他和她从彼此的生活中消失了。因为不曾靠近，似乎也没留下多少遗憾。直到多年之后的这一天，她翩然出现在同学群的微信空间。

他在不知不觉中，重温了这条和她一起走过的路。虽然树木才刚刚吐绿，离收获的季节还隔着一个遥远的夏天，他似乎嗅到了苹果的香气。他掂量着对她的“回归”说句什么，要寓意深刻，不然就会被同学群里众多的欢迎词湮没。到了家，他也没想出一句合适的话，只好以“沉默是金”来宽慰自己。

霞在微信上的那片湖水一直在他的眼前微漾。几天后的早晨，他犹豫再三，决定邀请霞成为微友“单练”。整整十二个小时过去了，霞没有回音，就像当年突然离开单位，一片升空的羽毛般杳无踪迹。他一整天都在开会，拿出手机看了N次，有点不合年纪地魂不守舍。起初以为时差的缘故，霞没看到邀请，但过了两天，仍不见一点动静。他忍不住在心里骂了起来，摆什么臭架子，变成美籍华人就特殊啦？他还不了解她吗？小时候父母当工人收入低，她连件像样的衣服都没有呢。他怒气顿生，呼吸又不均匀了。

他找了个理由和老高通了电话，顺便聊起刚入群的霞。坊间对霞最近二十几年的生活有多种说法，但老高身为群主，认定自己的说法最权威：霞从机关单位辞职后到一家酒店当公关经理，做了一段时间颇觉无聊。她的记者男友脚踩几条船，伤了她的心。她索性考托福、GRE，申请去美国留学，结果真被俄亥俄州的一所大学录取了。她半工半读，一路踉跄，总算拿到了硕士学位。她当过网页设计师、汉语老师，做过一段税务工作，最近又办起了瑜伽班。或许因为不得已，她在事业上有点朝三暮四，在婚姻上也没做到从一而终。她先嫁给了一位中国人，大学教授，和他生了个儿子，不知怎么着就离了；后来恋上了一个老外。这老外是电信设备销售经理，比她小几岁，天生一头卷曲的金发，热爱各式球类运动。起初这段跨族裔姻缘很被看好，没想到几年后，两人竟分道扬镳了。归结起来，她可圈可点的成绩大概算拿到了一张美国绿卡。末了，老高还透露了一个细节。她在国外漂得久了，忘记了中学时代的许多人和事。第一次通电话时，她连老高的名字都记不起来了。江湖海这时突然意识到，霞可能不知道自己是谁。

他立即又给她发了一份微友邀请，注明真名江中石。霞果然立即接受了，甚至还发来一张两手相握的微图。他轻抚那张图，似乎触到了其中浓缩的光阴。光阴恒河细沙般铺散开，让他的心即刻软了下来。霞并不孤傲，还记得他。他立即去看她分享过的瞬间。霞拍的，是大多数人见了会合上镜头盖的场景：纽约街头为流浪者理发的发型师，巴黎塞纳河畔在雨中卖画的小贩，罗马街头喷泉旁一只无家可归的猫……她心绪不佳时，也会发几句怨言。有一天她说：你最终还不是娶了别人！这里面藏着多少无奈啊，叫他忍不住替她心酸。他终于看得累了，把手机放在枕边，睡着了。

入秋后，霞回国探亲，途经北京。老高在五星级酒店里订了三桌酒席，邀请在京同学聚会，欢迎“海外游女”。男同学好抽的带来了名烟，好喝的带来了名酒。女同学们个个都精心妆饰过，耳垂、颈间的珍珠、金银，还有衣服上的亮片在水晶灯下闪烁。同学们离开家乡小城市，在北京立住脚跟，几乎都进入“白（领）骨（干）精（英）”的行列，不乏自信。他们不约而同地单独赴会。同学聚会叙同学情，家属来了，总是有点别扭，像当“电灯泡”。

霞终于露面了。江湖海对她的形象预测了几天，仍不免惊讶。霞穿一条橘红色的棉布长裙，一双帆布的鞋子，全没有赴宴的郑重。她显然经常晒太阳，按时髦的说法，晒出了健康的“小麦色”。没有谁像她这么素面朝天。他心里嘀咕，她大概省了不少买名牌护肤霜的钱呢。黑直发，略带野性和慵懒的眼神，丰满的唇，居然还能无声地揽住他的目光。他和她握手寒暄。待她转过身和别人交谈，她的侧面突然令他联想起南太平洋塔希提岛上的土著女人。几年前他和妻子去巴黎旅游，在卢浮宫里看到过高更笔下的那些土著女人，当时并无特别感想。原来感想是蜿蜒的潜流，不期然时才显露呢。

霞是坐地铁来的，没把换乘时间估算好，迟到了，落座之后，还一再道歉。同学们了解霞的婚姻现状，小心翼翼地绕开配偶的话题，但谈到了孩子。霞从手机里翻出儿子的照片给大家看。她的儿子是个不打折扣的小帅哥，要命的是还正在读耶鲁大学。大家恭维她教子有方。有几位小孩还上高中的女同学，缠着她讨教“虎妈”策略。她直言不喜欢“虎妈”这个词，太不温存啦。她替儿子做的，不比其他的母亲多，唯一有点特别的，是在儿子十一岁那年带他到非洲生活了一年。她当志愿者，教小学生数学。儿子开始参与公益活动，回到美国后再没停止过。申请大学时，儿子把投身组织的公益活动列出来，足足印满了三页纸，在众多申请者中脱颖而出。她说着说着笑起来，依然是大珠小珠落玉盘。那个把“不绝如缕”写成“不绝如搂”的女生，真的是回来了，江湖海想，心被莫名的喜悦和感伤缠绕了。同学们热衷于聚会，是不是正因为见证过彼此的年少风华呢?

他到门外去抽烟。近几年，他发誓戒烟好多回了，反反复复，上一次戒的时间最长，足足一百七十五天，但最近又抽上了。他回餐厅时在走廊上遇见了服务员，一位从乡下进城的少女，嘱咐她在上水果时，加两盘延庆国光苹果。她局促为难地说，他们家没有国光苹果。他从钱夹里掏出两百元，叫她到对面超级市场买两袋。

苹果盘端上来了，同学们嚷嚷女服务员脑子出错了，谁要吃这么大众化的东西?霞说：我喜欢呀！哇，谁这么了解霞?有人发问了。霞递给江海湖一个眼神，漂洋过海，把时光翻转到两人独处的那盏路灯下。那晚在他和她之间，隔着一辆自行车，此刻隔着一张圆桌。四分之一世纪，彼此没有走得更近，也没有走得更远。他立即低下头去，摆弄手中的酒杯，湿润的雾倏然飘过来，遮住了双眼。这喧嚣间的一瞬静寂，被老高捕捉到了。霞带头吃起了苹果，众人又开始谈笑风生。

饭后，因为她住的酒店离他家最近，老高把“护花”的重任交给了他。白日里下雾霾，到了夜晚，空气还是黏涩的。当她坐进他的车里，他突然腼腆起来，还莫名地委屈。她和他聊了些家常，一直保持谈话流动。他问她这些年是不是吃了很多苦，她很“美式”地耸了耸肩，那要看怎么定义这个“苦”字，她没多少悔恨，不过怀念他们当年的纯真。这句话让他几乎撞上前面的一辆宝马。在酒店门口分手时，她拥抱了他。她在美国生活多年，拥抱是日日都行的礼节，此刻或许比礼节多一点亲密。分辨礼节和亲密，像把牛奶从冰激凌中分解出来一样不容易呢。她的脸颊擦到了他的脸颊，风掠过一株麦穗，结果摇动了一大片田野。她抽身离开时，带走了萦绕他的那团清新空气。秋风追随其后，但她的脚步似比风更急了些。他的眼睛突然痛起来，随即涌出两点湿润的液体。不知是雾霾，还是伤感及时地击中了他。

几年前，他和情人分手时，情人也是这样匆匆从他的视线里消失。两人相处了三四年。像天下绝大多数的外遇，点燃的爆竹般，迸发得鲜红热烈，落地一堆平淡的碎屑。他常出席一些巧立名目的会议，会后的节目自然是游山玩水。有一次是登庐山。他看到一处风景，天空、悬崖、劲松尽在其中。他想找个人帮他拍照，可一直跟随的助手落在了后面。他一转身间看到了她。她戴一顶棒球帽，帽下一张年轻标致的脸。她同意帮他，接过他的相机退后三步，又走近他，替他把掖在毛衣里面的衬衣领子翻了出来。他认定她凭这个小小的动作赢得了他的欢心。其实他那时事业有成，眼见地位和形象都不如自己的男人们招蜂引蝶，心中早已不平；她的动作，不过是轻轻一挑珠帘，把悬念变成了开篇，后来的情节顺理成章。他们的与其他男女的第三者故事，像相邻两家餐馆做的酸辣鱼，不管是多一些激情的辣，还是少一些妒忌的酸，味道差不了许多，最终留下的同是一道残羹冷炙。他帮她谋得了一个优越的职位，甚至还置了一份嫁妆，做到了仁至义尽，庆幸没因外遇的爆竹，炸断体面的手指。

霞回到美国后不久，在同学圈和朋友圈发布了一条新闻：辞掉工作，驾房车旅游两年！她计划从美国东海岸的波士顿出发，途经纽约、费城、华盛顿、亚特兰大、奥兰多、迈阿密，最终到达和古巴隔海相望的基韦斯特岛；半年后，奔赴加拿大西海岸；一年后，去美国西海岸的加州；再过半年，落脚在加拿大的东海岸。她的广告很吸睛：避开风雪和严冬，沿途看朝阳落日，听海风鸟语；漫步山间原野，呼吸草香花馨；体验繁华若梦，品味原始苍茫，等等。她要招募一位游伴，男女不限，共同承担费用。这简直和征婚没什么差别！有同学在圈里立即评论，哇，男女通吃呀！霞还晒了一组照片。第一张是她本人，依然素面朝天，但把头发剪成超短。穿一件迷彩丛林装，脖子上挎了一架长镜头的相机，整装待发，帅气逼人。第二张照片是她看中的一辆二手房车。车里有两张小床、一张饭桌、两把座椅，还有厨房设备。她还添加了解释，空间小没关系，驾房车旅游的最大快乐之一是在车外烧烤，坐在野餐桌旁吃饭。风清月朗，多么惬意！也没必要为床小烦恼，床小给亲密更多借口，再说天晴的日子可以睡帐篷。她准备在房车公园里打些零工，因此可以少付停车费。总之她把一切都计划好了，还既诱惑又无邪地说出最重要一句话：请跟我来！

江湖海心慌意乱起来。霞在呼唤他！她在同学聚会时递来的眼神，还有临别时的拥抱，都泄露了心底的思念。也许她终于醒悟，她在漫长的人生路上错过了他，现在要和他共创打破所有想象框架的新生活。世间有一种呼唤几乎致命。他在和情人相处的日子里，从没想过和她远走高飞。他首先舍不下乖巧安静的女儿。女儿在高三那年，她的几个闺蜜都去美国留学了，她也闹着要去。他和妻子担心独女的安全，坚持叫她留在国内读书。女儿今年终于从外地的大学毕业，在万千竞争者中，找到了一份稳定工作，回到了他的身边；说起来有些矫情，他那时也舍不下妻子。职场起伏，人事纠葛，妻子总是站在他的一边，忠诚比激情更可贵。此刻却不同。霞有一天发微信试探地问他，她的征友广告是不是有点过分？这简直是拿命运的砖头来砸他的门。他顾左右而言他，不觉过分，选择需要勇气，更何况是公开选择。他心里甚至琢磨把家产分给妻子大半，即使那样，他也有足够的钱和霞一起在北美旅行两年。他简直摇身变成了一位好莱坞电影大师，在想象的世界里设置了各种场景：在流水边、岩石上、树丛中，要么阳光煦暖，要么清风拂面，但四周总静寂无声。他和霞尽情裸露身体和灵魂，翻转依偎，把错过大半生的热烈和温存都弥补回来。

他在微信上看到一位心理医生写的短文。医生说，人举棋不定，说明身体中藏着另外一个人，要把那人释放出来，当面对决。于是江中石和江湖海开始掐架了。江中石令江湖海坐到对面的椅子上，陈述理由。在这桩民事案件中，江中石永远是法官。江湖海说，他和霞之间有过默契、悬念，如果不探索这个默契，不解开这个悬念，岂不留下终生遗憾？人生中最可怕的不是死亡，而是没有精彩地活过！他少年老成，没飞翔就折断了翅膀，成年后一直辛苦奔波，小心翼翼。他腻烦透了，要换一种活法，到大自然中去，自由地呼吸！江中石很不屑，从鼻子里“哼”一声，你江湖海根本就不懂什么叫自由！自由是奶油奶酪，给你一大盘你也不会享受！再说你并不了解霞！幻想和她在狭小的房车里相处两年？也许两天你就受不了啦！你不过对她抱有幻想，没上过床的，永远是最让人向往，就像张爱玲说的，她是你“心口上的一颗朱砂痣”。你怎么可以丢下父母、妻子、女儿，还有一众亲友？你想过两年后的生活吗？你花光积蓄后，怎么在美国活下去？霞可能会把你一脚蹬开，一转身就跟个老外跑掉。凭你那口烂英语，能找到像样的工作吗？到美国的中餐馆打工吗？二十年前这样做，你还能博得几分同情，现在你老胳膊老腿的，恐怕打工也没有本钱啦，只会招人耻笑！

在江中石和江湖海日夜辩战的同时，一件可怕的事情发生了。妻子被医生诊断得了皮肤癌。她像照顾婴儿般细心照顾自己的皮肤，怎么会得皮肤癌呢？世间的事，真可以如此不公平。她一夜间憔悴下来。江湖海想，心中的邪念滋长成癌，爬到了妻子的脸上、脖子上、身体上，于是给自己定了罪，在江中石面前羞愧地败下阵来。他体贴地照顾妻子，陪她四处看名医，不敢想象失去她的生活。她终日眼泪汪汪的，小女孩般依恋他，大事小情都求他做主，甚至把家庭经济大权都移交给了他。两个月后，名医们终于会诊，确定妻子得的不过是湿疹。他们虚惊一场，庆幸躲过了一劫。

霞在朋友圈发布信息：成功招募到一位异性游伴！江湖海把她的每一条“文献”都梳理了两遍，不见游伴的照片，对他的肤色、长相、年龄一无所知。他因好奇心饥饿着，格外恼火。霞很快再次曝光了房车内的布置。他敏锐地注意到里面添了两件哥伦比亚牌风雨衣、一把吉他、一个意式浓缩咖啡机，还有一束插在花瓶里的盛开的紫罗兰。男式的风雨衣比女式的那件长许多，看来这位游伴的个头不小。一位高大的、爱弹吉他、还会磨制卡布奇诺的男人，又肯迁就霞的各种疯癫的想法，该是杀手级的，但愿他长得丑，且愚蠢！

霞和游伴开启了房车之旅。每隔两三天，她就会贴几幅风景照片，一步步演示“看朝阳落日，听海风鸟语，漫步山间原野，呼吸草香花馨”。江湖海一怒之下“拉黑”了她。没有她的微信空间，变得死水般安静。

转眼间妻子的生日到了。江湖海特地选一家昂贵的饭店庆祝，甚至挽着她走到预定的座位上。他们拿起菜单，不费力地选出了对方喜欢的菜。他无意中抬头，从窗玻璃里看到他们脸庞的投影。投影因为朦胧，更有几分相像。他们真的变成一对老夫老妻了。

对面电视里正在播放国际新闻。美国东部下了一场暴雨，冲坏了道路和桥梁，交通事故频发，还有伤亡。江湖海莫名其妙地担忧起来，悔当初对霞“无微情以效爱兮”。他起身去卫生间，取消了“拉黑”，发微信问候她。她立即报平安，还飞快地传了张写真照片。她站在一棵苹果树下对着镜头露齿微笑，显然向给自己拍照的游伴施展魅惑。微笑也许不代表幸福，可哪个幼稚的倒霉蛋还追求那虚幻的东西？她享受此刻，而且不再在意江湖海的感受。他突然痛恨自己一时软弱，泄露了内心牵挂。人类先祖夏娃被蛇诱惑，偷吃了知善恶树上结的果子，也让亚当食用，结果两人都被上帝赶出了伊甸园。江湖海在巴黎看过几幅伊甸园题材的古典油画，名师们把知善恶树上的果子都画得像苹果，现在回想起来，那果子似延庆的国光苹果。更诱惑的是夏娃、亚当的后代发明了一款手机叫“苹果”。如果没有苹果手机，霞也许永不会再重新出现在他的视线里。现在遭驱逐的是他，霞却和一位新“亚当”留在伊甸园里嬉戏。他沉着地掏出一把钥匙，撬坏了手机的充电口，然后把手机放进洗手池，扭开了水龙头。水在手机光滑的平面上绽出细碎的花朵，又迅速弥漫。过了几分钟，他把手机拿出来，用衣襟擦干，确认其溺亡。

他回到了自己的座位上，看妻子有些模糊，也许水花溅到了眼里。晚餐后，电视里开始播放一个介绍文物的节目。画面上出现了某博物馆珍藏的琥珀。不早不晚，一滴黏稠的树脂顺着树干流淌下来，恰巧粘住了一只盘旋的蝴蝶，在三千万年间，形成了金黄的琥珀。要贴近那只美丽的蝴蝶，必须溶解琥珀，但也完全破坏了它的价值。他想，二十几年前他和霞靠近的瞬间，或许是一枚凝固的琥珀，至少飞舞的精灵仍完美如初。

发表于《小说月报》原创版2016年第10期

后记

因为渴望，所以绽放

曾晓文

当我把收入这本小说集的作品重读一遍后，心境如暮霭四合的静寂田园，突然一个萤火虫般的词语闪亮着跳跃而来：渴望。

《重瓣女人花》中的晨槿对当母亲渴望到了极致，屡经磨难，几乎为此丧命；在《遣送》中，菡和移民警察本杰明是“完美的陌生人”，因种族的隔阂（白人与有色人种）、地位的悬殊（警察与囚犯）、文化的差异（西方与东方）彼此排斥，又彼此吸引，渴望无限地靠近；在《苏格兰短裙和三叶草》中，蕾和白人男子肖恩，从心底“伸出手指”渴望触摸对方，但最终生死两隔。

这些表面上的爱情故事，重心却定位于人物的，尤其女性人物的深度情感。渴望，在作品中时时酝酿，如灼热的“地下熔岩”。为渴望寻找一个出口，几乎是每一位女性人物的潜在使命，而在现实生活中，又何尝不是如此呢？在文化、信仰方面有所皈依，是原始的向往，而渴望与他人交流、贴近，爱与被爱，拥有家庭温暖，赢得平等和尊重，更接近人性本质，更是精神旷野上的永恒旗帜。因为渴望，人物之间的关系发生逆转，个性之间的张力逐渐增强，随之而来的，是选择和命运的戏剧性变化。

熔岩喷发后，留下的不一定总是废墟。

《重瓣女人花》中的晨槿在渴望湮灭后，重新认识女性的生命价值。重瓣花因为雄蕊数减少导致不孕，常需借助人工繁殖或无性繁殖，但也有绽放的权利，简直是不孕女性的别名。她在加拿大和其他族裔的不孕女性相互扶持，参与“重瓣花俱乐部”的活动，并在经历诸多挫折后，立誓把它发展成全省、甚至全国的不孕女性救助组织。《遣送》中的菡，在被遣送的过程中流产，心碎之余自愿离开她一度向往的美国，而遣送者本杰明在经历了战争和绝望后，远行万里到中国找到她，投入了她的情感怀抱。《苏格兰短裙和三叶草》中的蕾，在永远失去所爱的肖恩后，并未消沉，凭他留给她的学费读完了心理学硕士，决心终生医治像肖恩那样患“痴迷症”的病人，做出了散发着博爱光芒的选择。

我作为一个生活在非中文环境中的写作者，或许也是被内心的渴望所驱使，努力在中西文化之间、不同族裔的人物之间展开平等对话。在早期的文学创作中，我的写作多以“经验”即亲身经历和释放内心的情感为主。随着阅历的积累、个人心智的成长成熟，视野变得宽广，心态变得淡定，我转向了“体验”，即感悟生命。在表现人物深层愿望的同时，我试图融入许多思考，关于荣耀与耻辱，原宥与伤害，漂移与守候，爱慕与怨恨，陪伴与孤独……力图客观地表现生活和人性，从而完成从“倾诉”到“讲述”的转变过程。

我讲述华人移民以及其他族裔刻骨铭心的故事，不停地培育中国语言的种子，期待跨域之花一次一次地绽放，使原本羸弱的文学花朵变得多姿丰盈。

2016年7月于多伦多